LUZIFER
VERLAG

S|SQUAD

WILLIAM MEIKLE

OPERATION

SIBIRIEN

LUZIFER VERLAG

Deutsche Erstausgabe
Originaltitel: OPERATION SIBIRIA

Umschlag: Michael Schubert | Luzifer-Verlag
Übersetzung: Philipp Seedorf
Lektorat: Manfred Enderle
Printed in Germany

Dieses Buch wurde nach Dudenempfehlung (Stand 2021) lektoriert.

ISBN: 978-3-95835-549-1

Bibliografische Information der Deutschen Nationalbibliothek:
Die Deutsche Nationalbibliothek verzeichnet diese Publikation in der Deutschen Nationalbibliografie; detaillierte bibliografische Daten sind im Internet über http://dnb.d-nb.de abrufbar.

1

Private Wiggins reagierte als Erste auf die Neuigkeiten von Captain Banks. »Sibirien? Komm schon, Cap, du verarschst uns doch, oder? Scheiß Sibirien? Du hast gesagt, das wird ein Spaziergang.«

»Und das ist es auch«, erwiderte Banks. »Wir spielen nur den Babysitter für ein Inspektionsteam der UN, während die ein Labor untersuchen. Das wird ein Kinderspiel. Kein gruseliges treibendes Schiff, keine leere Nazi-UFO-Basis, nichts von dem verrückten Scheiß der letzten paar Missionen.«

»Ein Kinderspiel, vielleicht«, sagte Wiggins, »aber du hast uns versprochen, dass es diesmal wärmer ist. Ich hatte auf Barbados gehofft. Aber wir werden uns schon wieder den Arsch abfrieren. Mein Schwanz ist gerade erst wieder aufgetaut seit dem letzten Ausflug.«

»Solltest ihn öfter benutzen«, entgegnete Hynd.

»Aye, das sagt deine Frau auch immer.«

Wiggins musste sich schnell vom Stuhl rollen, um nicht eine aufs Ohr verpasst zu kriegen, und Banks musste das Bier des Soldaten auffangen, damit es nicht vom Tisch fiel, aber zumindest war das Team trotz der Neuigkeiten gut gelaunt. Er wartete, bis Wiggins sich wieder an den Tisch gesetzt hatte, und McCally kam mit einer weiteren Runde Bier von der Bar der Messe wieder, bevor er fortfuhr.

»Außerdem«, meinte er, »wird es vielleicht gar nicht so kalt. Da drüben ist gerade Sommer, genau wie hier.«

»Aye«, murmelte Wiggins. »Wie in Largs an einem verregneten Augustwochenende und mindestens genauso unterhaltsam. Ich packe schon mal die Badehose und Sonnencreme ein.«

»Babysitten hast du gesagt?«, fragte Hynd.

»Aye. Drei englische Wissenschaftler – die kommen heute Abend aus London hoch.«

»Und was für eine Art Labor ist das?«, fragte Wiggins. »Das ist nicht nuklear, oder? Ich brauche keine bleigefütterten Schlüpfer, stimmt's?«

»Nicht nuklear und nicht chemisch. Biologisch«, erwiderte Banks. »Der Colonel sagt, es ist eher so was wie der Zoo für einen reichen Knacker – exotische Tiere und so. Der Spielplatz von so einem reichen russischen Ölbaron, das hat man mir gesagt. Wieso es da eine Inspektion der UN braucht, wissen nur die mit einer höheren Gehaltsklasse. Der Job ist scheiß einfach. Wir passen auf die Eierköpfe auf, und wenn wir keinen Mist bauen, sind wir in 48 Stunden rein und raus und zum Wochenende wieder hier. Was euch auch gefallen wird – diesmal keine grenzwertige Anreise. Wir reisen mit Stil. Der kleine, reiche Zoobesitzer schickt uns seinen Privatjet.«

»Ich packe meinen Smoking ein«, antwortete Wiggins.

Hynd lachte.

»Scheiß James Bond, mehr brauche ich nicht.«

»Aye«, erwiderte Wiggins, der schon wieder den Kopf vor dem Schlag einzog, der sicher gleich kam. »Sagt deine Frau auch immer.«

Die Vorstellung des Teams bei dem Trio von Wissenschaftlern am nächsten Morgen war ein wenig merkwürdig. Sie trafen sich alle bei einem ausführlichen Frühstück in der Messe und es wurde sofort offensichtlich, dass die ›Eierköpfe‹ mehr über das wussten, worauf sie sich da eingelassen hatten, als das Squad – und es war genauso offensichtlich, dass sie nicht darüber reden durften.

Waterston, ein stämmiger, bärtiger Engländer in den Sechzigern, schien der ranghöchste der drei zu sein und führte das Wort, auch wenn es nicht viel zu sagen gab.

»Mit welchem Teil von ›streng geheim‹ haben Sie denn ein Problem, Soldat?«, sagte er, als Wiggins nicht zum ersten Mal mehr Infos über den Zoo haben wollte.

Wiggins war genervt – die ungesunde Mischung aus Waterstons Tonfall und sein geschliffener Akzent ließen den Schotten rotsehen.

»Was ist mit dem Teil, dass wir eure Ärsche retten sollen, wenn es Schwierigkeiten gibt? Fangen wir mal damit an, bevor Sie auf mich herabschauen?«

Banks winkte McCally zur Seite – jede weitere Unterhaltung des Soldaten mit dem Wissenschaftler würde ab diesem Punkt nicht allzu nett verlaufen, für keinen von beiden. Er wandte sich wieder Waterston zu.

»Wiggins hat recht. Normalerweise haben wir wenigstens eine grobe Vorstellung davon, womit wir es zu tun bekommen.« Schon während er das sagte, war ihm klar, dass das größtenteils gelogen war.

Waterstons Starren verlor etwas von seiner Eiseskälte.

»Sehen Sie, es ist ein Zoo, okay? Volkov hat eine seltsame Sammlung exotischer Tiere und er will sie der Welt zeigen. Unsere Aufgabe ist es, abzuschätzen, ob das sicher wäre.«

»Sicher? Was zur Hölle hat er – giftige Schlangen, Riesenspinnen, Krokodile, so groß wie ein Bus … was?«

Aber der Wissenschaftler ließ sich nicht aus der Reserve locken, und bis sie gepackt, sich vorbereitet hatten und auf die Rollbahn zu ihrem Flieger gerufen wurden, hatten Banks und sein Squad immer noch nicht mehr Ahnung.

Wiggins' Laune stieg, als er ihren Flieger sah – einen schlanken, weißen Learjet, der zu neu und zu sauber aussah für ihre kleine RAF-Basis in Nordschottland.

»Dann eben Kaviar und Champagner«, sagte er. »Ich wusste, ich hätte den Smoking anziehen sollen.«

Als Banks sich vergewissert hatte, dass ihre Ausrüstung sicher verstaut und im Stauraum des Jets eingeschlossen war, schloss er sich den anderen drinnen an und stellte fest, dass sein Private gar nicht so weit danebengelegen hatte.

Ein Büfetttisch war prominent in der Kabine platziert und so opulent gedeckt wie im nobelsten Hotel, das sich Banks vorstellen konnte. Die Ledersitze sahen aus, als könnten sie einen Mann verschlucken, es gab eine Bar, die mit allen möglichen Single-Malt-Scotchs und teurem Wodka bestückt war und auf dem Büfett stand tatsächlich auch Kaviar, zusammen mit allen möglichen Wurstsorten, teurer Schokolade, Brot und exotischen Früchten.

»Jemand versucht ein bisschen zu sehr, uns zu beeindrucken«, meinte Hynd, während sich ihm Banks am Tisch anschloss.

»Nicht uns«, meinte Banks und nickte zu den drei Wissenschaftlern, die sich ihre Teller vollschichteten, so hoch es ging. »Es scheint für irgendwen hier eine Menge auf dem Spiel zu stehen. Augen auf und wachsam bleiben, okay? Lass die Jungs nicht an den Schnaps ran.«

Der Befehl, sich von den kostenlosen Drinks fernzuhalten, kam bei Wiggins und McCally nicht so gut an, aber Banks wusste, Hynd würde für Disziplin sorgen – und das reichhaltige sonstige Angebot würde die Gemüter beruhigen. Die Wissenschaftler taten sich unterdessen keinen Zwang an und waren schon dabei, von jeder Flasche Scotch an der Bar mal zu kosten, während sie noch über die Nordsee flogen. Bis sie Moskau erreicht hatten und zum Nachtanken landeten, schlummerten sie schon betrunken in ihren Sitzen im hinteren Teil des Flugzeugs.

Wiggins sah sie mit Trauermiene an.

»Schau, Cap, das könnten wir sein. Ist ja nicht so, als müssten wir die hier oben vor irgendwas beschützen, abgesehen von einem bösen Kater.«

»Schauen wir mal, ob wir es bei der Rückreise entspannter angehen lassen können«, sagte Banks. »Aber ich brauche erst mal mehr Infos, bevor ich mich drauf einlasse.«

Banks wusste, er würde nichts aus Waterston herausbekommen, nicht einmal betrunken, aber er wartete, bis einer der jüngeren Männer, Smithson, mit verschwommenem Blick aufwachte und wieder nach vorne kam. Banks trat an ihn heran, als der Mann in seinem Rausch etwas unbeholfen versuchte, sich ein Sandwich zu machen.

»Kommen Sie schon, Steve – Sie heißen doch Steve, oder – worum geht's hier? Ich weiß, ihr Boss hat einen Stock im Arsch und reitet ein bisschen zu sehr auf den Regeln herum, aber Sie sind doch ein vernünftiger Kerl. Reden Sie mit mir. Wir stecken doch zusammen da drin und ich weiß nicht, worauf wir uns hier einlassen. Meine Leute haben ein Anrecht, zu wissen, was hier los ist.«

Smithson hielt den Finger an die Lippen und flüsterte theatralisch.

»Psst, ich darf nichts sagen. Ist nicht erlaubt.«

»Kommen Sie schon. Der ganze kostenlose Alkohol, der leckere Proviant. Der Russe schmiert Ihnen Honig ums Maul und Sie lassen ihn, aber Ihren eigenen Leuten wollen Sie nicht sagen, was los ist? Und ich dachte, Sie wären anständig.«

Der Appell an die Anständigkeit, noch unterstützt durch die Wirkung des Alkohols, drang zu dem Mann durch, nur ein paar Sekunden, aber lange genug, damit Banks sich noch eine ganze Weile Sorgen machte, nachdem der Wissenschaftler mit wankendem Schritt wieder zu seinem Sitz gegangen war.

»Sagen wir einfach, so einen Zoo haben Sie noch nie gesehen. Noch niemand hat das je gesehen – zumindest nicht in den letzten zehntausend Jahren.«

Banks registrierte amüsiert, dass die drei Wissenschaftler beim Aufwachen alle ein wenig blass um die Nase wirkten, als der Pilot den Landeanflug auf ihr Ziel verkündete. Besonders Smithson schien übel beieinander und musste zweimal zu einer Kotztüte greifen, bevor sie mit einem kleinen Hopser und einem dumpfen Aufprall landeten. Banks versuchte, einen Blick auf die Landschaft zu erhaschen, aber durch die Fenster sah man nur Grau, ein dichter Nebel, der jede Aussicht verbarg, während das Flugzeug langsam ausrollte und sie aussteigen konnten.

Sein Squad hatte auf dem Flug von Moskau eine Mütze Schlaf genommen. Auch wenn es dämmerte, während ihre Körper ihnen sagten, es müsste eigentlich auf Mitternacht zugehen, wusste Banks aus Erfahrung, dass sie hellwach waren. Darauf konnte er sich verlassen. Als er sich umdrehte, um ein Auge darauf zu haben, wie Taschen und Ausrüstung ausgeladen und aufs Rollfeld gestellt wurden, stellte er allerdings überrascht fest, dass Wiggins mit offenem Mund dastand und in den Nebel starrte.

»Setz mal deinen Arsch in Bewegung, Soldat«, sagte Banks. »Die Ausrüstung packt sich nicht selbst aus.«

»Hast du ›packt‹ gesagt? Ich dachte, du hast ›kackt‹ gesagt, denn ich glaube, ich hab mir gerade in die Hose gemacht.«

Banks drehte sich, um in dieselbe Richtung wie Wiggins zu sehen. Zuerst konnte er wegen des Nebels die Entfernung und Größenverhältnisse nicht einschätzen und glaubte, ein kleines Tier mit struppigem, rostrotem Fell zu sehen, ein Hochlandrind hinter einem hohen Zahn. Doch der Zaun musste mindestens zehn Meter hoch sein und das Tier war ein Drittel so hoch wie der obere Rand des Zauns mit dem Stacheldraht darauf – und ihm wurde klar, dass Hochlandrinder viel kleiner sind, keine Stoßzähne hatten … und auch keinen langen Rüssel.

Das Wollmammut hinter dem Zaun hob den Rüssel und trompetete, ein Posaunenstoß, um den Tag zu begrüßen.

Draußen im Nebel wurde der Ruf von mehreren weiteren beantwortet, ein ganzes Konzert.

Smithson trat neben Banks und schlug ihm auf die Schulter.

»Ich habe es Ihnen ja gesagt, Captain, oder nicht? So einen Zoo hat noch niemand gesehen.«

2

»Willkommen, willkommen!«, rief eine Stimme von der anderen Seite des Flugzeugs.

Ein untersetzter, beinahe runder, kleiner Mann kam aus dem Nebel auf sie zugelaufen. Er hatte volles buschiges schwarzes Haar, das an den Schläfen grau wurde, einen dazu passenden Bart und trug er einen Fellmantel – eher eine Art Umhang –, der ihn vom Hals bis zu den Fußknöcheln umhüllte und ihm das Aussehen eines kleinen, gutmütigen Bären verlieh.

Als der Neuankömmling Banks die Hand schüttelte, bemerkte der Captain den Geruch, den das Fell ausströmte, feucht und schwitzig, ein üppiges animalisches Aroma, das ihn wohl hätte würgen lassen, wenn er sich zu lange in der Nähe aufgehalten hätte. Der Russe schien es nicht zu bemerken, aber Banks war dankbar, als der

Mann sich den Wissenschaftlern zuwandte, um sie zu begrüßen.

»Ich bin Volkov«, sagte er mit dickem Akzent auf Englisch, was auf einen gebildeten Russen hindeutete. »Willkommen in meinem Zuhause.«

Es sah nicht sehr anheimelnd aus. Alles, was man von da sehen konnte, wo sie standen, war die Rollbahn und das unübersehbare Wollmammut, das in dem dahinziehenden Nebel mal zu sehen war und mal nicht.

»Kommen Sie, kommen Sie.« Volkov nahm Waterston am Arm und zog ihn mit sich. »Alles ist vorbereitet. Sie werden sehen, dass ich nichts zu verbergen habe. Sie werden Wunder zu Gesicht bekommen.«

Die anderen beiden Wissenschaftler folgten dahinter und Banks wandte sich an sein Squad.

»Okay, Jungs, holt eure Ausrüstung und schauen wir mal, was so verdammt wichtig ist, dass man uns an den Arsch der Welt schickt.«

Er sagte es laut genug, sodass der Russe Volkov es auch hören konnte, aber der untersetzte Mann schenkte ihm keine Aufmerksamkeit, falls er es gehört hatte, sondern zog Waterston weiter nach links in den Nebel.

Banks wuchtete sich eine schwere Tasche mit Ausrüstung über die Schulter und führte seine Männer den Wissenschaftlern hinterher. Er warf einen Blick zurück auf den Learjet und sah, wie er und das Mammut, ein Ding der Unmöglichkeit hinter der Rollbahn, vom Nebel verschluckt wurden.

Während der Nebel hinter ihnen dichter wurde, lichtete er sich vor ihnen und in zehn Metern Entfernung wurde die Einrichtung deutlich sichtbar. Sie sah eher wie ein Zoo als wie ein Labor aus. Das nächste Gebäude war niedrig und hatte zwei Stockwerke; modern, Stahl, große Glasflächen, fast wie bei einem Airport-Terminal, aber dahinter, dräuend im wabernden Nebel, war eine Reihe von hohen Kuppeln aus Glas und Metall in verschiedenen Größen, wie riesige Eier, die in der Landschaft verteilt waren. Banks hatte schon etwas Ähnliches gesehen, bei einem riesigen überdachten Park in Cornwall, aber diese hier waren sogar noch größer, und wenn es ein Zoo war, dann sah er aus, als wäre er für viel größere Tiere gebaut worden als selbst das Mammut, das sie schon gesehen hatten.

Wo sind wir da reingeraten?

Er hatte wenig Zeit, darüber nachzudenken, denn der Russe hatte bereits die Wissenschaftler in das Hauptgebäude geführt. Banks führte das Squad hinter ihnen hinein und wurde sofort von einem Schwall warmer Luft begrüßt, der so roch wie Volkovs Fellmantel, nur noch stärker, ein fast fleischiger Geruch, widerlich süß und moschusartig.

»Meine Güte, was für ein Gestank«, murmelte Wiggins neben ihm und Banks konnte ihm nur zustimmen.

Volkov führte sie durch einen leeren, weitläufigen Empfangsbereich, eine Treppe hinauf und in einen Korridor hinter einer langen, gut bestückten Bar, ihr gegenüber eine Reihe breiter Fenster, durch die nur Nebel sichtbar war. Man zeigte ihnen ihre Zimmer, die wie in einem Hotel wirkten und nicht wie in einem Zoo – Banks hatte ein geräumiges Doppelzimmer für sich allein, ein Zimmer, das fast so luxuriös war wie die Hauptkabine des Learjets, den sie eben verlassen hatten. Er wusste es besser und ließ sich nicht durch die plüschige Ausstattung ablenken.

»Fünf Minuten«, sagte er zu seinen Männern. »Macht euch frisch und trefft mich dann hinten an der Bar. Und denkt dran – wir bleiben nüchtern, bis wir wissen, was hier los ist.«

Wiggins sah bei dem Befehl immer noch nicht begeistert aus, aber Banks vertraute darauf, dass die beiden anderen ihn auf Kurs hielten. Er verbrachte seine fünf Minuten mit einer schnellen Dusche – so heiß, wie er es aushielt, und mit einem Wasserdruck, der gar nicht vergleichbar war mit dem in seinem Zimmer als Captain in Lossiemouth –, dann zog er sich schnell wieder an. Er verstaute seine Ausrüstungstasche, größtenteils ausgepackt, im großen Schrank, steckte eine Pistole in das Schulterholster unter der Jacke und ging hinaus zur Bar.

Das Frühstück kam auf Servierwagen an, die von drei stämmigen Russen geschoben wurden, welche eher an Soldaten als an Kellner erinnerten. Sie beäugten Banks und sein Squad misstrauisch und Banks erwies ihnen die gleiche Höflichkeit, indem er sie kurz in Augenschein nahm, von einem Profi zum anderen. Es sah nicht aus, als trügen sie Pistolenholster unter ihrem weißen Kellner-Outfit, aber er wäre nicht überrascht, wenn sie ihn eines Besseren belehrt hätten.

Das Essen erwies sich als so üppig und abwechslungsreich wie das Büfett im Flugzeug mit noch mehr Kaviar, warmem Brot, kaltem Aufschnitt und etwas Milch, die frisch schmeckte, aber denselben moschusartigen Geruch hatte, den Banks jetzt schon hasste.

»Cap«, sagte Wiggins, nachdem er gegessen hatte, »können wir hier eine rauchen, was meinst du? Ich bin hier schon am Schnaufen und ich brauche was, um diesen beschissenen Gestank zu übertünchen.«

Die Wissenschaftler waren immer noch nicht aus ihren Zimmern gekommen und es schien keine unmittelbare

Gefahr für irgendwen zu bestehen, also entfernte sich Banks mit seinem Team ein Stück von der Bar und näherte sich dem großen Panoramafenster, das auf die neblige Rollbahn hinausführte.

»Raucht ruhig, wenn ihr wollt, Jungs. Das ist einer der Momente, wo ich mir wünsche, ich hätte nicht aufgehört.«

Wiggins gab McCally und Hynd eine Zigarette und zündete alle drei an – die anderen beiden zuerst, dann machte er ein neues Streichholz an, ein alter Aberglaube in der Army, dem alle von ihnen immer noch anhingen. Erst nachdem alle drei einen tiefen Zug genommen hatten, meldete sich Wiggins zu Wort.

»Also, reden wir drüber oder was, Cap?«

»Worüber reden?«

»Den beschissen riesigen, rothaarigen Elefanten im Raum, darüber. Diese Dinger sind doch vor ungefähr 10.000 Jahren ausgestorben, oder?«

»Eher vor fünf statt zehn, glaube ich, aber ja. Die sind ausgestorben. Zumindest waren sie das.«

Banks schüttelte den Kopf.

»Das ist ein Labor, schon vergessen? Und das ist eine UN-Inspektion. Ich nehme an, Klonen oder zumindest genetische Manipulation.«

»Scheiß Jurassic Park. Das langt mir«, sagte Wiggins.

»Eher Holozän statt Jura«, sagte Hynd. »Wetten, der kleine russische Sack hat sich das auch noch patentieren lassen? Ich frage mich, was er noch alles in seinem kleinen Zoo hat.«

»Das frage ich mich auch«, sagte Banks. Er sah durchs Fenster, versuchte, durch den Nebel etwas zu erkennen, aber nicht mal der Learjet war auszumachen, erst recht nicht das abgezäunte Areal dahinter. Ihm stachen auch nur allzu deutlich die riesigen, hohen Glaskuppeln ins Auge, die sie auf dem Weg in die Anlage gesehen hatte. Sie waren groß genug, um eine ganze Reihe von Gräueln gegen die Schöpfung zu beherbergen. Ein früherer Gedanke kam ihm wieder.

Wo sind wir da reingeraten?

3

Die Antwort erhielten sie, nachdem die Wissenschaftler ihr Frühstück hinter sich hatten. Der kleine dicke Russe, der seinen Fellmantel abgelegt hatte und darunter einen maßgeschneiderten Anzug trug, der vermutlich mehr kostete, als Banks in einem Jahr verdiente, stieg auf den langen Bartresen, um eine Ansprache zu halten. Zweimal klatschte er in die Hände, bat um Ruhe und wartete, bis alle Blicke auf ihm ruhten, bevor er das Wort ergriff.

»Vor 15 Jahren war der Boden, auf dem Sie jetzt stehen, nur ein eiskalter Morast aus Tundra und schmelzendem Permafrostboden, ein uraltes Flusstal und ein erhöhtes Ufer, lange von Menschen verlassen, weil man es nicht geeignet für menschliches Leben hielt. Yuri Gregorov war die einzige Person im Umkreis von 40 Meilen, ein Jäger aus dem nächsten Dorf im Norden, der sich bis an die Grenzen seines Jagdreviers wagte, in der Jahreszeit, die hier als Sommer durchgeht, auf der Suche nach Biberpelz. Er freute sich schon, als er sah, dass Krähen sich um einen Kadaver stritten, doch als er sie verscheucht hatte, fand er kein frisches Aas, sondern uraltes. Der rote Pelz gehörte keinem Tier, mit dem Yuri vertraut war, aber er zerrte ihn aus dem tauenden Eis und nahm ihn mit nach Hause.

Es dauerte fast bis zum nächsten Winter, bevor irgendjemand Yuris Fund ernsthaft registrierte, aber irgendwann erreichte mich die Kunde von einem großen Wunder, denn der Pelz war der eines jungen Mammuts, fast perfekt erhalten, sogar noch mit einigen intakten inneren Organen. Ich musste es haben und setzte all meine Überzeugungskunst und meine Beziehungen zur damaligen Regierung ein, um damit machen zu können, was ich wollte.

Im nächsten Sommer begann dann unsere Arbeit vor Ort. Die Wissenschaftler hier wissen, wie enthusiastisch ich auf diesem Gebiet zu Werke ging. Ja, ich bin reich geworden aufgrund der üppigen Gewinne der russischen Schifffahrt, nichtsdestotrotz sehe ich mich gerne als Philanthropen. Immerhin trug meine Arbeit entscheidend dazu bei, dass mehrere gefährdete Tierarten in dieser Wildnis erhalten blieben, und es gibt immer noch Tiger in den Wäldern im Süden, die ihre Existenz meiner gewissenhaften Arbeit verdanken. Doch als ich den Mammutpelz sah, wusste ich – die Zukunft hielt vielleicht noch wundersamere Dinge für mich bereit.

In den folgenden Jahren nutzte ich diesen Pelz – die Ergebnisse haben Sie selbst gesehen. Aber es gibt noch andere, größere Wunder, die daraus entstanden oder hervorgeholt wurden aus dem gefrorenen Boden, und ich und mein Team hier hatten alle Hände voll zu tun.

Die Ergebnisse dieser Bemühungen werden Sie gleich mit eigenen Augen sehen. Sie dürfen sich glücklich schätzen, meine Freunde, denn Sie werden Dinge sehen, die niemand außer meinen eigenen Leuten bisher gesehen hat. Sie werden die Ersten sein und meine Vision der Welt präsentieren.«

Banks hatte kurz mit dem plötzlichen Gedanken zu kämpfen, dass er durch Zufall in einen Bond-Film geraten war, denn dieselbe Rede hätte genauso von einer Inkarnation von Ernst Blofeld stammen können. Er schmunzelte immer noch bei sich über diesen Gedanken, als Volkov erneut in die Hände klatschte.

»Und sehen Sie, die Elemente haben mich erhört. Selbst sie beugen sich meinem Willen.«

Jeder im Raum drehte sich im gleichen Moment und sah aus dem großen Panoramafenster. Niemand sagte etwas, alle waren wie vor den Kopf gestoßen von dem Anblick, der sich ihnen bot, als der Nebel sich langsam lichtete und neue Panoramen, neue Wunder freigab, während es aufklarte.

Das Mammut, das sie bereits gesehen hatten, stand immer noch an derselben Stelle kurz hinter der Rollbahn und dem abgestellten Learjet, aber nun war ihnen auch klar, woher der antwortende Chor an Gebrüll hergekommen war. Das Tier war nur ein Exemplar einer großen Herde, eine gewaltige Zahl in allen Größen von ausgewachsenen männlichen Tieren bis hin zu dreien, die aussahen, als seien sie eben geboren worden. Die Tiere, die farblich von fast Rot bis zu einem dunklen, schlammigen Braun variierten, waren verteilt in einem weitläufigen, eingezäunten Moorgebiet, das sich von ihnen weg erstreckte bis zu der entfernten Küste, wo sich der Nebel verzog.

Das war die Aussicht zu ihrer Rechten. Links waren zwei andere große eingezäunte Areale, ebenfalls ein Moorgebiet, auch wenn dieses sich weiter erstreckte und zu einer Reihe großer, nahezu senkrechter Felsklippen von schiefergrauer Farbe anstieg, die sich in einigen Meilen Entfernung fast halb so hoch, wie sie entfernt waren, in den Himmel erhoben. Das nähergelegene der beiden Areale, das fast bis an das Ende der Rollbahn vor den Gebäuden stieß, enthielt eine noch größere Herde an Tieren, auch wenn diese nicht so groß waren. Allein ihre schiere Zahl war beeindruckend. Es war Rotwild, zottelig wie die Rothirsche der schottischen Highlands, aber zweimal so groß mit Geweihen, die breiter waren als ein Mensch. Banks hatte schon einmal Ähnliches gesehen, aber nur als Reproduktion in Museen; riesige Elche, die einst durch die Sümpfe von Britannien gewandert waren, die hier erneut als Herde mit Hunderten Exemplaren durch die sumpfige Tundra zogen. Auch sie waren unterschiedlich gefärbt, dunkler als die Mammuts, eher rot statt fuchsfarben, und variierten in Größe und Alter. Banks war so gefesselt, dass er zuerst gar nicht die Bewohner des dritten Geheges bemerkte.

Zuerst hielt er sie für haarige schwarze Rinder, denn sie waren kleiner als die Mammuts, kleiner als die Elche, aber er sah, dass sie immer noch fast zwei Meter hoch waren und beinahe fassförmig. Erst als er das einzelne, gebogene Horn auf den Schnauzen sah, realisierte er, dass er ein weiteres Tier vor sich hatte, das aus der Vergangenheit gerettet worden war. Das waren Wollnashörner, nur eine Handvoll davon im Vergleich zu der größeren Herde von Elchen, und verteilt über ein viel größeres

Stück Sumpfland. Er zählte ein Dutzend, doch ihm war klar, dass noch mehr in Senken und hinter Erhebungen in dem hügeligen Landstrich verborgen sein konnten.

Wiggins brach das Schweigen.

»Aye, sehr schön, klar. Aber ein bisschen langweilig, wenn sie nur so herumstehen bis zum Arsch im schlammigen Wasser. Und der beschissene Gestank vertreibt die Gäste. Was ist die Verkaufsidee? Können die irgendwelche Kunststücke?«

Wenn Volkov deswegen angefressen war, ließ er es sich nicht anmerken.

»Dieser Anblick repräsentiert den Gipfel menschlicher wissenschaftlicher Leistungen«, sagte er. »Ich rechne nicht damit, dass der Normalbürger die Schönheit darin erkennt. Aber keine Sorge. Es gibt mehr Dinge zwischen Himmel und Erde, als eure Philosophie sich erträumen lässt. Kommen Sie, ich zeige sie Ihnen.«

Volkov führte die Gruppe – drei Wissenschaftler, Banks' Team und drei der russischen Arbeiter, die die Nachhut bildeten. Sie gingen die Treppe hinunter ins Hauptfoyer, dann nach links und durch eine breite Doppeltür, die direkt in einen offenen Bereich mit Betonboden führte, unter den hohen Glaskuppeln, die sie draußen gesehen hatten.

Hier war es wärmer, aber nicht drückend. Die Vegetation in den Kuppeln war nicht üppig und tropisch, wie Banks erwartet hatte, sondern bestand hauptsächlich aus dürren Kiefern, struppigen Ginsterbüschen, Stauden und mehr von dem dicken, buschigen Gras, das draußen im Sumpfland wuchs. Jede einzelne Kuppel enthielt einen Käfig, abgetrennt von zentimeterdickem Glas, das halbrund zwischen dem Weg aus Beton lag und was immer dahinter sein mochte. Volkov führte sie zum ersten solchen Bereich auf der linken Seite.

Sie standen mit den Nasen am Glas und blickten hinab in eine Senke aus Grasland. An der hinteren Seite des Käfigs erhob sich der Boden in einer sanften Steigung, die an der äußeren Wand der Kuppel endete. Der Hügel bestand eher aus trockener Erde als aus Gras und war von Löchern übersät – Tierbaue, so wie es aussah.

»Dachse?«, fragte Hynd rechts neben Banks. »Sieht aus wie der Dachsbau, den wir hinter der Schule hatten, als ich noch ein kleiner Junge war.«

»Nein, keine Dachse«, antwortete Volkov und gleichzeitig spitzte ein graugesichtiges Tier aus einem der Baue und hoppelte dann ganz auf den Abhang. Banks dachte zuerst, es sei eines der großen südamerikanischen Nagetiere – eine Biberratte oder ein Wasserschwein vielleicht. Dann sah er die Hinterbeine und das zottelige, fast weiße Fell. Es war ein Schneehase. Er hatte schon einmal welche an abgelegenen schottischen Hügeln gesehen. Aber nie einen in der Größe. Er war so groß wie ein mittelgroßer Hund. Er staunte immer noch darüber, als erst zwei, dann drei, dann ein halbes Dutzend aus verschiedenen Bauen hervorkamen, den Hang hinunterhoppelten und begannen, dünne Grasbüschel und Moos von sumpfigem Boden zu fressen, direkt vor den Augen der Zuschauer.

»Wir haben Pelze von denen überall im schmelzenden Permafrost des Deltas gefunden«, sagte Volkov. »Und mit ihnen zu arbeiten, hat es uns ermöglicht, die Techniken zu perfektionieren, die wir dann bei größeren Tieren anwenden. Das bedeutet, wir haben es geschafft, eine ziemlich große Anzahl dieser Hasen zu züchten, denn die vermehren sich wie die britischen Kaninchen. Daher hatten wir irgendeine Verwendung für sie finden müssen.«

Er nickte und einer der kräftigen russischen Arbeiter ging zur nächsten Kuppel in der Reihe ein Stück von ihnen weg. Was immer sie dort hielten, bevorzugte etwas mehr Vegetation, mehr Möglichkeiten, sich zu verstecken, denn die Nadelbäume standen hier eng beieinander und bildeten ein dichtes Wäldchen. Die Kuppel wurde beherrscht von einer Anzahl riesiger Felsen, manche so groß wie ein kleiner Bus, die willkürlich überall auf dem sumpfigen Boden verteilt waren. Der Russe ging zu einem Touchscreen, der im Glas eingelassen war, und gab einen vierstelligen Code ein, was ein melodiöses Piepsen hallend erschallen ließ. Dann ein Quietschen und sie sahen, wie eine Barriere sich nach oben schob, etwa 30 Zentimeter hoch zwischen dem Käfig mit den Hasen und dem dahinter.

Zuerst schienen die Hasen es nicht zu bemerken, doch als sie weiter ausschwärmten, um zu fressen, bewegten sie sich langsam, aber sicher auf die offene Barriere zu, die ihnen Zugang zum saftigeren Grün dahinter gewährte. Einer der kleineren, vermutlich jüngeren Hasen hoppelte unter der Barriere hindurch und fraß das Gras auf der anderen Seite.

»Aye, sehr schön«, sagte Wiggins und sein Sarkasmus war laut und deutlich herauszuhören, aber falls er noch etwas hatte hinzufügen wollen, blieb es ihm im Hals stecken. Etwas Riesiges kam aus dem Nadelholzwäldchen, so schnell, dass Banks kaum Zeit hatte, es richtig zu sehen, bevor es mit einem unmöglich erscheinenden Sprung zehn Meter oder mehr über die freie Fläche sprang und fast auf dem Hasen landete. Das Knirschen der Knochen des Hasen war selbst durch das Glas laut zu hören und Blut spritzte einen Moment wie ein Nebel durch die Luft, während die Zuschauer mit offenen Mündern zusahen, wie das Raubtier zu fressen begann.

»Sagt mir, dass das kein beschissener Säbelzahntiger ist«, flüsterte Wiggins.

Volkov lachte.

»Das ist kein Smilodon«, sagte er, »auch wenn ich gerne einen hätte. Das Material dafür, das wir bräuchten, um ein eigenes Exemplar zur Untersuchung zu haben, ist noch nicht aufgetaucht.«

Das riesige Tier machte kurzen Prozess mit dem Hasen. Die übrigen Hasen waren bereits wieder in ihren Höhlen verschwunden, und als Volkov erneut nickte, gab der russische Arbeiter einen Code auf dem Tastenfeld ein und die Barriere zwischen den Käfigen glitt wieder nach unten, um den Zugang zwischen den Käfigen zu blockieren.

Banks konnte die Augen nicht von diesem neuen Tier abwenden. Es musste fast drei Meter lang sein, von der Nase bis zu den Hinterbeinen, und ein langer, hin und her peitschender buschiger Schwanz machte es noch länger. Der Kopf war gigantisch, und als es die Schnauze hob und Banks in die Augen sah, wusste er, was er sich da ansah. Trotz der Tatsache, dass das zottige Fell an den Flanken fast silbern war und mit dunkelgrauen Streifen durchzogen. Die fast schwarze Mähne verriet, was es war.

»Ach du Scheiße, das ist ein riesiger Löwe.«

4

Der untersetzte Russe klatschte lachend in die Hände.

»Bingo, Captain Banks. Es ist ein Höhlenlöwe, um genau zu sein«, sagte Volkov.

»2008 wurde ein gut erhaltenes Exemplar in der Nähe des Flusses Maly Anjui ausgegraben, das immer noch einige Büschel Fell hatte. Ich konnte ein paar Proben nehmen und nutzte die Methoden, die Ihnen einleuchten werden, wenn Sie mein Labor sehen. Dies versetzte mich in die Lage, dieses hübsche Exemplar herzustellen, das Sie hier sehen.«

Banks konnte immer noch nicht den Blick von dem Tier abwenden. Es war bei Weitem größer als jeder Löwe, den er je gesehen hatte, besser gesagt als jede Großkatze, die er sich vorstellen konnte. Es war anmutig und kraftvoll, ein Tier, das allein für die Jagd gedacht war. Bei dem Anblick lief es ihm kalt die Wirbelsäule hinab, wie eine atavistische Erinnerung an ein Zusammentreffen seiner Vorfahren mit genau so einem Ding, damals auf dem alten Kontinent, als alles noch unter Eis und Schnee und Wind lag. Er würde es nicht unter solchen Bedingungen treffen wollen – eigentlich unter gar keinen Umständen. Eine sarkastische Bemerkung unterbrach die andächtige Stille.

»Hergestellt?«, fragte Wiggins. »Nennt man das heute so? Gibt es noch mehr von diesen großen Mistviechern?«

»Nur den einen bisher«, sagte Volkov. »Aber er ist jetzt ausgewachsen und produziert Sperma, sodass wir eine Menge genetisches Material zur Verfügung haben.«

»Ich will nicht wissen, wie Sie das einsammeln«, murmelte Hynd.

Die drei britischen Wissenschaftler waren zu einem freien Fleckchen ein Stück von den Kuppeln weggegangen, standen dicht gedrängt und unterhielten sich zu leise, als dass man etwas hören konnte, aber die Diskussion wirkte lebhaft und Waterstons Gesicht war ernst, als hätte er etwas gesehen, das ihm gar nicht gefiel. Banks war nicht der Einzige, dem es auffiel, denn Volkov ging schnell zum Wissenschaftler, der die Gruppe leitete, und nahm ihn am Arm.

»Kommen Sie, kommen Sie«, sagte er. »Die Tour hat eben erst begonnen. Es gibt noch viel zu sehen vor dem Mittagessen.«

Sie passierten weitere halbrunde Kuppeln, aber Volkov hielt nicht an, und als Banks beim Vorbeigehen einen Blick hineinwarf, schien es nichts zu sehen zu geben – abgesehen von dem sumpfigen Boden und Gras.

Dieser ganze Teil des Zoos schien leer zu sein. Es gab vier weitere Kuppeln, die genauso aussahen wie die weiter vorne, doch es befanden sich keine Tiere darin. Die größte der vier sah aus, als wäre einmal etwas darin gewesen, denn der Boden war aufgewühlt, der Rasen in Klumpen herausgerissen und das Glas auf der Seite des Käfigs, von der aus man hineinsehen konnte, war innen mit tiefen, furchigen Narben übersät. Was noch beunruhigender war, ein großes Stück der Kuppel war mit Rissen überzogen, die wie ein Spinnennetz aussahen, an der breitesten Stelle fast drei Meter lang, als wäre etwas, beim Versuch zu entkommen, mit großer Wucht dagegen geknallt.

»Was war dort drin?«, fragte Waterston.

»Ein Fehlschlag«, erwiderte Volkov knapp und ging weiter. Banks sah, dass die Russen hinter ihnen angespannt und nervös wirkten, als sie an dieser beschädigten Kuppel vorbeigingen.

Etwas ist hier passiert – etwas Schlimmes. Und ich glaube, es ist eine gute Idee, wenn ich herausfinde, was.

Das musste warten, denn Volkov hatte die Wissenschaftler bereits weitergeführt, und war nur stehen geblieben, als sie die Stelle erreichten, die der Mittelpunkt des gesamten Zoos zu sein schien.

Eine riesige Kuppel, doppelt so hoch wie die anderen, komplett von einem Käfig umgeben, nicht nur aus Glas, sondern mit einem Netz aus Eisenstäben und -gittern überzogen. Sie betraten die Kuppel über einen überglasten Durchgang, der innen um die Struktur herum verlief. Das Innere der Kuppel hatte einen Durchmesser von etwa 50 Metern und wurde im Mittelpunkt von drei gewaltigen Nadelbäumen beherrscht, die, so Banks' Einschätzung, Mammutbäume waren, doch er kannte sich damit nicht wirklich aus. Sechs schwarze Flecken waren auf den obersten Ästen zu erkennen, aber Banks konnte sein Hirn nicht dazu bringen, den Größenmaßstab zu erkennen. Es waren Vögel, so viel war sicher, aber mehr konnte er nicht sagen.

Das änderte sich schnell.

Derselbe russische Arbeiter wie vorhin trat nach vorne an ein weiteres eingelassenes Tastenfeld und gab vier Nummern ein, erneut begleitet von einem hohen Piepsen.

»Ich muss nicht noch einmal sehen, wie ein Tier abgeschlachtet wird, herzlichen Dank«, sagte Waterston empört.

Volkov lachte.

»Dann werden wir Ihr empfindliches Gemüt nicht weiter beleidigen, Professor. Sehen Sie.«

Ein Teil des Bodens öffnete sich und ein langer Arbeitstisch erhob sich. Die Kadaver von einem halben Dutzend großer Hasen lagen in einer Reihe auf der Tischplatte. Als wäre eine Lockpfeife ertönt, ließen sich die schwarzen Vögel vom Baum herunterfallen, ohne mit den Flügeln zu schlagen, sie hatten sie nur ausgebreitet, sodass sie wie schwarze Fallschirme wirkten, während sie einmal die Bäume umrundeten und dann flatternd und komisch hopsend auf dem Tisch landeten, wo sie gierig zu fressen begannen. Sie sahen aus wie Geier – Banks vermutete, dass es eine Art Kondor war –, aber ihre Körperlänge betrug über einen Meter und die Flügelspannweite war enorm, zwischen fünf und sieben Metern beim größten der sechs Exemplare.

»Verdammte Donnervögel«, sagte Wiggins. »Das fehlte gerade noch.«

»Damit haben Sie vermutlich den Nagel auf den Kopf getroffen, ohne es zu wissen«, sagte Volkov, »denn diese Vögel haben fast sicher mit den amerikanischen

Ureinwohnern zusammen im nördlichen Teil des Kontinents gelebt, nachdem das Eis zurückgegangen war. Diese hier, unsere *Teratornis merriami*, waren von den großen Vogelarten am meisten verbreitet. Über hundert Exemplare hat man gefunden, einen Großteil davon in den Teergruben von La Brea in Nordamerika, aber wir hatten hier auch einige davon im Delta, die zweifellos von den vielen Kadavern angezogen worden waren, an denen sie sich laben konnten.«

Die Vögel machten kurzen Prozess mit ihrem Mittagessen, befreiten die Kadaver vom Fleisch mit ihren Schnäbeln und Krallen, die so effektiv waren wie Messer. Die Show schien vorbei zu sein. Die Vögel hopsten vom Tisch und erhoben sich schwerfällig wieder in die Lüfte, begleitet von heftigem, erneut nahezu komischem Schlagen der riesigen Flügel. Schließlich flogen sie beinahe anmutig ein paar Sekunden im Kreis durch die Kuppel und wirkten dann abermals ziemlich tollpatschig, als sie versuchten, auf den biegsamen Ästen weit oben im Baum zu landen. Binnen Sekunden war jedoch alles wieder ruhig und still und die sechs schwarzen Flecken starrten von ihrem hohen Aussichtspunkt auf sie herab. Der Russe trat einen Schritt vor und tippte einen Code in das Tastenfeld. Der Tisch versank surrend. Die Öffnung im Boden schloss sich, als hätte es sie nie gegeben, und hinterließ nur einen grünen Streifen Gras, auf dem nicht einmal ein einzelner Knochen oder ein Fitzelchen Fleisch darauf hinwiesen, dass hier eben gefressen worden war.

Die drei Wissenschaftler steckten erneut die Köpfe zusammen, und diesmal war Volkov sichtlich aufgebracht, als er es bemerkte, und ging direkt auf Waterston zu.

»Kommen Sie, Sir, sagen Sie mir«, verlangte er, »was Sie gesehen haben, das Sie so verschwörerisch macht? Ich habe Ihnen die Geheimnisse dieses Ortes offengelegt. Sie könnten mir wenigstens dieselbe Höflichkeit erweisen.«

»Ihre Geheimnisse offengelegt?«, fragte Waterston. »Ich glaube, wir haben noch nicht einmal den Boden des Abgrunds gesehen, in den Sie gesprungen sind, um Ihren ›Zoo‹ zu eröffnen.« Die Betonung, die er auf das Wort legte, zeigte nur zu deutlich, was er von dem kleinen Russen und seiner Arbeit hielt.

Banks hörte genau hin; die Anspannung war ein paar Stufen gestiegen. Volkov kochte und die drei russischen Arbeiter bewegten sich kaum merklich ein Stück näher auf ihren Boss zu. Banks hatte seine frühere Meinung geändert; er war jetzt ziemlich sicher, dass sie alle bewaffnet waren. Man konnte die Ausbuchtung eines Schulterholsters sehen, als sich einer von ihnen näher zu seinem Chef stellte. Banks registrierte, dass Hynd und McCally es auch bemerkt hatten und schweigend und aufmerksam zusahen.

Sie waren nur eine falsche Bewegung von einer tätlichen Auseinandersetzung entfernt, vielleicht sogar einer Schießerei.

Und wir sind gerade mal eine Stunde hier.

5

Es war für Banks offensichtlich, dass der untersetzte Russe das Okay der Wissenschaftler brauchte. Das war offensichtlich gewesen, als er den Learjet in Lossiemouth und das Essen und die Getränke gesehen hatte.

Zuckerbrot funktioniert besser als Peitsche.

Waterston hatte sich jedoch, zumindest bisher, als immun gegen die Bestechung erwiesen und der englische Wissenschaftler stieg in Banks' Achtung. Aber noch war es nicht so weit, dass die Anspannung zu irgendwelchen Aktionen geführt hätte, und Volkov selbst brach die angespannte Stille. Er winkte seine Männer zur Seite, trat zu Waterston, beugte sich zu ihm und richtete das Wort an ihn.

»Es tut mir leid«, sagte er. »Ja, es gibt in der Tat noch einiges zu sehen, das alles erklären wird. Kommen Sie?

Ihre Neugier wird in wenigen Minuten befriedigt werden. Ich habe nichts zu verbergen.«

»Das werden wir noch sehen«, murmelte Waterston zur Antwort, aber die Wissenschaftler ließen sich erneut weiterführen. Banks' Squad folgte und die russischen Arbeiter bildeten die Nachhut, aber die Anspannung war nicht ganz verschwunden und das Team war weitaus wachsamer als vorher, als sie die große Voliere umrundeten. Schließlich kamen sie an eine Stelle, an der eine Doppeltür zu einem weiteren Gebäude aus Beton und Glas führte, das am hinteren Ende der Anlage stand.

Diesmal benutzte Volkov das Tastenfeld, sechs Ziffern, diesmal nicht von einem Piepsen begleitet, aber die Doppeltür öffnete sich zischend und offenbarte einen glänzenden, weiß gefliesten Korridor dahinter.

»Wie gesagt, ich habe nichts zu verbergen«, meinte er, als er die Gruppe in den Korridor führte. »Kommen Sie und sehen Sie, wo die Magie stattfindet. Willkommen in meinem Labor.«

Sie gingen den sterilen, weißen Korridor entlang und beim Näherkommen öffnete sich eine Doppeltür etwa zwanzig Meter im Inneren, die von einem Bewegungsmelder geöffnet wurde. Dahinter war eine weitere Kuppel, ein einziges großes Gebäude, in dem, wie Banks' vermutete, ein modernes State-of-the-Art-Labor untergebracht war. Mehrere große Käfige waren an der Außenwand verteilt, während in der Mitte diverse Computer, Monitore, Drucker, Kühleinheiten und hohe, übereinandergestapelte Regale angeordnet waren, in denen Behälter aus Glas und verchromtem Metall eine Reihe verschiedener Flüssigkeiten enthielten, von denen er nur vermuten konnte, was es war. Bei seinem begrenzten Wissen über diesen Ort konnte es sich genauso gut um Magie handeln.

Volkov, Waterston und die anderen beiden Engländer steckten bereits tief in einer unverständlichen wissenschaftlichen Diskussion, bei der Banks innerhalb von Sekunden den Faden verlor. Wiggins war neben ihm und hörte ebenfalls zu.

»Ich hab keinen blassen Schimmer, was Reverse Transkriptase ist, aber es hört sich schmerzhaft an«, sagte der Glasgower nach einer Weile.

Hynd antwortete.

»Das ist ein Enzym, das man benutzt, um DNA aus einer RNA-Probe zu gewinnen«, sagte er lakonisch und lächelte. »Hast wohl in der Schule in Biologie nicht aufgepasst, was?«

»Das Einzige, worauf ich geachtet habe, waren die Titten der Lehrerin«, erwiderte Wiggins und grinste schmierig, dann riss er die Augen weit auf, als er über Hynds Schulter in einen der Käfige sah, die an der Außenwand der Kuppel standen.

»Verfluchte Scheiße, schau dir mal an, wie groß der ist.«

Banks drehte sich um.

Zuerst hielt er es für eine Art Schäferhund, dann meldete sich sein Sinn für die Größenverhältnisse. Es war in der Tat hundeartig, aber es war ein Wolf, der in einem großen Käfig auf den Hinterbeinen saß, die stahlblauen Augen direkt auf Banks und Wiggins gerichtet. Er hatte graue Flanken, wie der Löwe, den sie vorher gesehen hatten, aber zotteliger und an manchen Stellen fast weiß. Da er saß, war schwer zu sagen, wie groß er war, aber angesichts der Größe des Schädels – und der Zähne – war er wohl eineinhalb Meter hoch, wenn er aufrecht stand. Die Kraft und Stärke des Löwen hatte sie schon beeindruckt – aber das war noch einmal etwas anderes. Was er nun fühlte, war dieselbe Art von Schrecken, bei dem einem die Knie weich wurden, den er kurz vor einem Feuergefecht empfand. Er stellte sich ihm auf dieselbe Weise, wie er es in einem Gefecht machen würde – er sah ihm in die Augen und ging darauf zu.

Der Wolf starrte ihn weiter ununterbrochen an, während Banks sich dem Käfig näherte. Nun fiel ihm auf, dass dieser nicht alleine im Käfig war. Im hinteren Teil des Käfigs war ein Lager aus Stroh und darauf lagen drei weitere Wölfe, keiner so groß wie das gewaltige Männchen. Nach ein paar Sekunden war ihm klar, dass einer davon ein großes Weibchen war, beinahe völlig weiß, daneben zwei fast ausgewachsene Welpen mit kürzerem, dunklerem Fell und Flecken.

Der starre Blick des Männchens wich nie von Banks' Gesicht und Banks wusste, wenn der Käfig nicht wäre, dann wäre er das Opfer einer eiskalten, rasenden Attacke.

Ich glaube, ich würde lieber dem Löwen gegenüberstehen.

Wiggins flüsterte neben ihm.

»Ja, wer ist ein guter Junge?«

Banks machte einen weiteren Schritt nach vorne und das große Männchen knurrte so dröhnend, dass Banks es in seinem Bauch spüren konnte, als würde er zu nahe an einer Bassbox stehen.

»Vorsichtig, Captain«, sagte Volkov, der von der anderen Seite des Raums auf sie zukam. »Unser großer Junge hier will seine Familie beschützen.«

Waterston ging neben dem Russen her und warf nur einen kurzen Blick in den Käfig, dann wandte er sich wieder Volkov zu.

»Sehen Sie, das ist genau das, wovon ich geredet habe. Der *Canis dirus* war nicht so groß.«

Banks nahm an, das war die Fortsetzung eines privaten Gesprächs, das die Männer geführt hatten. Jetzt war es nicht mehr privat. Das gesamte Labor verfiel in Schweigen, als warte man auf eine Antwort des Russen.

Der wedelte nur mit einer Hand in Richtung des großen Käfigs.

»Jetzt schon«, sagte er und ging. Banks stellte fest, dass seine Arbeiter – seine Bodyguards – nicht bei ihm waren. Die drei Russen standen an der gegenüberliegenden Seite der Kuppel, wo sie an einen Hügel grenzte, der hinter dem Glas zu sehen war. An diesem Ende befand sich eine große Tür, die offenbar direkt auf einen Hof führte, und der Hügel begann nur wenige Meter dahinter.

»Was ist dort hinten?«, fragte Banks und nickte in Richtung der Männer.

»Ein Lager«, entgegnete Volkov.

Die Anspannung der Männer, die an der hinteren Tür standen, und Volkovs plötzliche Einsilbigkeit nach seiner vorherigen Gesprächigkeit verrieten Banks eine Menge über die Situation, was er vorher nicht gewusst hatte.

Sie verbergen etwas.

Und was immer es ist, sie haben Angst davor.

Der Tag verstrich. Die drei britischen Wissenschaftler waren fest entschlossen, jeden einzelnen Aspekt der

Arbeit im Labor genau zu verstehen. Volkov ließ eine Reihe von Wissenschaftlern aufmarschieren – ein halbes Dutzend Männer und Frauen in weißen Kitteln, die für Banks ein wenig zu milchgesichtig, zu jung aussahen für diese Arbeit. Keiner von ihnen sprach Englisch und Volkov übersetzte alles selbst, was ihm ganz offensichtlich die Möglichkeit gab, alle Vorgänge im besten Licht erscheinen zu lassen.

Banks und sein Squad blieben in der Nähe des Wolfskäfigs – das große Männchen saß nach wie vor unbeweglich an derselben Stelle und starrte sie an. Die drei Russen standen ebenfalls genau da, wo sie gestanden hatten, seit sie hier angekommen waren: an der Tür auf der anderen Seite.

Wiggins sprach leise und näherte sich dem Wolfskäfig. »Guter Junge, bist ein feiner Kerl.«

»Das ist kein beschissener Pudel«, sagte Hynd. »Der reißt dir den Kopf ab, wenn du zu nah rankommst.«

Wie, um das Gesagte zu betonen, zog der Wolf die Lefzen hoch und zeigte all seine perfekten Zähne.

»Wiggo«, sagte Banks zweimal, bevor der Soldat ihm seine Aufmerksamkeit schenkte. »Wir sind sicher noch eine Weile hier. Geh mal und schau, ob diese russischen Jungs vielleicht eine schottische Zigarette wollen. Nimm Cally mit und versucht, herauszufinden, was auf der anderen Seite der Türen ist, die sie so sorgfältig bewachen. Lasst euch Zeit, benehmt euch ungezwungen, wir wollen die ja nicht erschrecken.«

»Die sehen schon ziemlich erschrocken aus«, entgegnete McCally.

Die beiden Männer gingen davon, an der Außenseite der Kuppel entlang. Sie blieben ab und zu stehen, um in einen Käfig zu sehen, unterhielten sich ganz normal, als würden sie auf der Straße spazieren gehen. Banks drehte sich um – er wollte nicht, dass jemand sah, wie er sie beobachtete. Er traute McCally zu, keinen Fehler zu machen, und auch wenn Wiggins keine zwei Minuten am Stück den Mund halten konnte, nahm er letztlich die meisten Leute durch seinen natürlichen Charme und Humor für sich ein.

Der Blick des großen Wolfs schien jeden Schritt von Banks zu verfolgen, auch wenn das Tier sich nicht von der Stelle rührte. Banks erahnte einen scharfen Verstand hinter diesem Starren und nicht das erste Mal war er dankbar für die Käfigstäbe zwischen ihnen.

»Also, was meinst du, Cap?«, fragte Hynd. »Geht's hier ehrlich und koscher zu, oder was?«

Banks schüttelte den Kopf.

»Schau dir Waterston an. Beobachte die drei Russen an der Tür. Volkov hat vielleicht die Nerven, dieses

Spielchen zu spielen, nach dem Motto: ›Hier gibt's nichts zu sehen, bitte weitergehen‹, aber Waterston kauft es ihm nicht ab. Und ich genauso wenig.«

Der dritte Wissenschaftler – Banks war es unangenehm, dass er sich immer noch nicht den Namen des Mannes gemerkt hatte – war rübergekommen, um sich den Wolf anzuschauen, und hatte das Gespräch mitbekommen.

»Ihre Skepsis ist berechtigt«, sagte der Mann. Es waren die ersten Worte, die Banks von dem Mann seit Beginn der Reise vernommen hatte, und er war überrascht, einen starken West-County-Dialekt zu hören. »Hier stimmt auf jeden Fall etwas nicht. Der Boss versucht, herauszukriegen, was. Glauben Sie mir, sobald der Prof sich mal in etwas verbissen hat, lässt er nicht mehr locker. Gurte anlegen, Männer. Ich hab so ein Gefühl, die Fahrt könnte holprig werden.«

6

Die Inspektion des Labors dauerte fast den ganzen Tag und es gab nur eine kleine Pause für Kaffee und Sandwiches, um die Monotonie zu durchbrechen. Waterston und Volkov lieferten sich die ganze Zeit einen verbalen Schlagabtausch und der Wolf starrte Banks und sein Team unablässig aus seinen blauen Augen an. Zumindest Wiggins und die Russen schienen sich zu verstehen, gemessen an dem Gelächter, das vom anderen Ende bei der Tür durch die Kuppel hallte, und Banks war schon gespannt auf den Bericht, den er von McCally und dem Soldaten später erhalten würde.

Aber zuerst musste er einen Abend mit den Wissenschaftlern überstehen. Das ganze Squad war eingeladen, sich Volkov und seinem Team zum Dinner anzuschließen, aber Banks ließ McCally und Wiggins bei ihren neuen Freunden und die beiden Männer schienen mit der Abmachung mehr als glücklich. Hynd war weniger erfreut.

»Komm schon, John. Lass mich mit den Jungs mitgehen. Du brauchst mich nicht.«

Banks lachte.

»Und mich mit dem Haufen allein lassen? Keine Sorge. Du bist mit dabei. Und wir trinken nichts. Kopf hoch … das wird eine lange Nacht.«

So wie der Tag im Labor endlos schien, zogen sich auch die Reden und Gegenreden ewig hin, bis sie endlich etwas essen konnten. Banks und Hynd hatte man den zweiten Tisch zugewiesen. Während die englischen Wissenschaftler wie Adlige umgarnt wurden und Volkov am Haupttisch saß, hatte man die Schotten zusammen mit vier jungen Wissenschaftlern an einen Tisch gesetzt, von denen keiner ein Wort Englisch sprach, noch den Wunsch hatte, es zu versuchen. Banks versuchte, Brocken der Unterhaltung zwischen Volkov und Waterston aufzuschnappen, aber auch wenn er sehen konnte, dass es hoch herging, fast schon ein Streit war, konnte er nicht genug verstehen. Er bereute schon langsam seinen Befehl, dass alle nüchtern bleiben sollten, denn ein paar große Gläser Wodka hätten sicher die Langeweile gemindert.

Beinahe neidisch sah er zu, wie die beiden jüngeren englischen Wissenschaftler große Mengen des kostenlosen Alkohols tranken. Sie entschuldigten sich frühzeitig und die jungen Russen nutzten die Gelegenheit, um ebenfalls zu verschwinden. Hynd und Banks saßen alleine an ihrem Tisch und beobachteten, wie die Auseinandersetzung zwischen Volkov und Waterston immer hitziger wurde, als der Wodka langsam aus ihnen beiden sprach. Es sah sogar so aus, als würden sie sich gleich schlagen, und Banks überlegte, ob er aufstehen und sie trennen sollte, als McCally und Wiggins in der Tür erschienen.

Beide Männer sahen aus, als wären sie betrunken – nicht so betrunken wie die beiden am vordersten Tisch, aber es fehlte nicht viel. Wiggins grinste breit, doch McCally wirkte ernst und winkte Banks zu, sich ihnen an der Tür anzuschließen.

»Ich hab euch doch gesagt, dass ihr heute Abend nichts trinken sollt«, sagte Banks.

»Sorry, Sir«, erwiderte McCally. »Aber das war die einzige Art, wie wir die Russen dazu bringen konnten, mit uns zu reden.«

»Super Wodka haben die hier.« Wiggins nuschelte bei jedem Wort. McCally tätschelte dem Soldaten die Schulter.

»Lass mich reden, Wiggo. Konzentriere du dich lieber darauf, gerade zu stehen.«

Der Corporal wandte sich wieder Banks und Hynd zu.

»Wir müssen reden. Unter vier Augen. Da geht mehr vor, als du weißt.«

»Das habe ich mir schon gedacht«, erwiderte Banks. Er drehte sich zu Hynd.

»Behalte Wiggo im Auge. Flöße ihm etwas Kaffee ein, stark und schwarz. Wir müssen wachsam sein, nicht betrunken im Bett. Und lass nicht zu, dass die Wissenschaftler anfangen, sich zu kloppen. Wir sind hier auf einer Mission, und die lautet: bewachen und beschützen. Wir sollten langsam mal anfangen.«

Banks führte McCally zu seiner Suite und goss ihnen beiden einen starken schwarzen Kaffee ein, bevor er sich an den Frühstückstresen setzte, um sich die Geschichte des Corporals anzuhören. Es dauerte nicht lange, um Banks' Ängste zu bestätigen.

»Der kleine Russe hat hier schon seit Jahren Riesenmist gebaut«, sagte McCally. Sein Highland-Akzent war stärker als sonst, was bestimmt auf den Schnaps zurückzuführen war, aber er sprach auf den Kaffee an und wirkte zumindest nüchterner, als Wiggins es gewesen war.

»Erzähle mir alles«, sagte Banks.

»Du hattest recht, dass die sich Sorgen machen«, meinte McCally. »Die drei Russen waren so nervös wie Nonnen in einem Bordell. Aber unsere Kippen haben sie gerne genommen und Wiggo hat sie ein bisschen vollgelabert und ihnen Honig ums Maul geschmiert, also waren wir schnell alle dicke Kumpels. Und als sie uns mit nach hinten raus zu ihrer kleinen Hütte genommen und den Wodka aufgemacht haben, fingen sie langsam an zu plaudern. Ihr Englisch war nicht so gut, aber das ist meines ja auch nicht, also haben wir uns prima verstanden.

Und was die für Geschichten erzählt haben ... hier sind Leute gestorben. Eine Menge Leute. Der große Löwe ist größtenteils dafür verantwortlich. Sie hatten ihn eine Weile draußen in einem Gehege, aber er hat gelernt, wie man aus dem Gehege rauskommt, und ist in das mit dem Rotwild eingedrungen, also haben sie ein Team reingeschickt, um ihn rauszuholen. Abschlachten war ein Wort, das die Russen häufig verwendet haben – und sie haben nicht nur über den Tod von Tieren geredet. Seitdem haben sie die große Katze drinnen gelassen, aber sie müssen gut drauf aufpassen.«

»Aber das ist es nicht, was sie so nervös macht, oder?«, fragte Banks leise. »Was haben die da hinten, was sie uns nicht zeigen?«

McCally schüttelte den Kopf.

»Nicht mal der Wodka hat ausgereicht, um sie dazu zu bringen, uns das zu verraten. Was immer es ist, jedenfalls machen sich in die Hose deswegen. Ich nehme an, ein anderes Tier – ein ziemlich fieses. Das halten sie da hinten, draußen. Sie haben genug gesehen, um zu wissen, dass es hinter einer verdammt großen Stahltür ist, die in Beton eingelassen und in den Hügel gebaut ist. Nachts steht eine Wache vor der Tür – einer der Russen ließ die Finger vom Wodka, weil er bald Schicht hatte.«

»Und keinen Pieps darüber, was es sein könnte?«

McCally schüttelte wieder den Kopf.

»Die Russen meinten nur, wie sollten uns besser nach Hause verkrümeln und vergessen, dass wir den Ort jemals gesehen haben.«

»Das ist die beste Idee, die ich den ganzen Tag gehört habe«, erwiderte Banks. »Aber die Lamettaträger haben uns hergeschickt, um auf die Eierköpfe aufzupassen. Also passen wir auf. Und wir passen gut auf. Kein Wodka mehr, verstanden?«

McCally grinste reumütig.

»Nachricht angekommen und verstanden.«

McCally verschwand zeitig ins Bett und Banks kehrte in den Speisesaal zurück. Wiggins stolperte an ihm vorbei, nicht sehr sicher auf den Beinen. Auch er war in sein Zimmer unterwegs. Hynd stand am großen Panoramafenster, starrte in die Dunkelheit hinaus und rauchte eine Zigarette.

»Hat Cally dir die Geschichte von dem Löwen erzählt?«, fragte der Sergeant und Banks nickte.

»Aye. Das und die Tatsache, dass unser kleiner Mann hier definitiv etwas vor uns verbirgt.«

Hynd lächelte dünn.

»Aye. Und Professor Waterston weiß davon. Die beharken sich hier schon die ganze Zeit, seitdem du weg bist.«

Volkov und Waterston saßen immer noch an dem großen Tisch und waren nach wie vor in eine hitzige Diskussion vertieft. Auf dem Tisch zwischen ihnen stand eine Wodkaflasche, die in der kurzen Zeit, die Banks weg gewesen war, schon beträchtlich geleert worden war.

»Müssen wir sie trennen?«, fragte er.

Hynd lachte.

»Es könnte lustiger werden, wenn wir sie aufeinander loslassen – das war der langweiligste Abend, den ich hatte, seitdem der Strickklub meiner Frau zum Tee vorbeigekommen ist.«

Waterstons erhobene Stimme hallte durch offenen Raum.

»Sie haben mit Sachen herumgemurkst, die nie genehmigt wurden. Es gibt einen Grund, wieso wir über Sanktionen nachdenken, und das wissen Sie auch.«

Volkovs Gesicht lief rot an und Banks war klar, dass er einschreiten musste. Er machte zwei Schritte auf den Tisch zu, doch dann wurde er von etwas noch Lauterem unterbrochen.

Ein Alarm, schrill und anhaltend, der durch die gesamte Einrichtung hallte und schallte.

7

Pflichtgefühl und Instinkt setzten sofort ein.

»Sarge, Ausrüstung holen. Und bring dann Waterston in sein Zimmer und die anderen beiden auch. Die sollen sich bereit machen, hier abzuhauen. Niemand außer uns kommt rein oder raus. Verstanden?«

Hynd hatte sich schon in Bewegung gesetzt und zerrte einen verwirrten Waterston vom Tisch hoch. Der Sergeant drehte sich um, salutierte kurz in Richtung Banks und führte dann die protestierenden Wissenschaftler davon.

»Sie«, sagte Banks an Volkov gewandt, »finden Sie heraus, was da vor sich geht. Und sagen Sie Ihren Piloten, die sollen sich zum Abheben bereit machen. Wir hauen ab.«

Er wartete nicht auf die Antwort des Russen, sondern machte sich direkt auf den Weg zu den Zimmern von

McCally und Wiggins. Der Corporal war schon auf den Beinen und zog gerade seine Splitterschutzweste an.

»In meinem Zimmer in 30 Sekunden«, sagte Banks. Letztlich dauerte es länger, weil Wiggins in voller Montur mit dem Gesicht nach unten auf dem Bett lag und schnarchte, trotz der Alarmsirene. Es brauchte McCally und Banks, um ihn aufzurichten, aber zumindest war Wiggins kurz darauf in der Lage, seine Ausrüstung selbst bereitzumachen, auch wenn Banks wohl darauf würde achten müssen, dass keine Zivilisten in seinem Schussfeld waren, falls es zu einem Schusswechsel kam.

»Nimm deine Taschen mit, wir hauen ab«, sagte er. »Raus in den Korridor. So schnell wie möglich.«

Hynd hatte die drei Wissenschaftler in Banks' Zimmer versammelt, wie befohlen, auch wenn die beiden jüngeren Männer noch damit beschäftigt waren, die Hosen anzuziehen und ihre Hemden zuzuknöpfen. Banks musste schreien, damit man ihn trotz des schrillen Alarms hörte, und gleichzeitig holte er seine Splitterschutzweste, seinen Waffengürtel und sein Gewehr. Er hängte sich die Tasche mit seiner Ausrüstung über die Schulter.

»Alle fertig? Okay, Hynd, du und Cally übernehmt die Spitze. Ich werfe ein Auge auf Wiggins. Sie drei«, er wedelte mit einer Hand in Richtung der Wissenschaftler,

»sind in der Mitte. Wenn ich sage, rennen, dann rennen Sie. Alles klar?«

»Wir können nicht gehen«, rief Waterston zurück.

»Sie haben das nicht zu entscheiden. Das ist mein Job. Und jetzt bewegen Sie Ihren Arsch oder ich mach Ihnen Beine.«

Sie verließen schnell die Zimmer, hasteten durch den Speisesaal und die Treppen hinab in den offenen Rezeptionsbereich des Komplexes. Der Alarm erklang immer noch, hier sogar noch lauter, aber es sah nicht so aus, als würde irgendwer deshalb etwas unternehmen. Das Squad und die Wissenschaftler waren die Einzigen, die zu sehen waren.

»Wir sollten mal nach den Russen sehen«, rief Waterston.

»Erst, wenn wir Sie im Flieger haben, und nicht vorher«, sagte Banks.

Sie gingen hinaus auf das Rollfeld. Es war auf ganzer Länge beleuchtet, parallele Lichtflecken, die sich überlappten und bis in den Nebel erstreckten, der am abgelegenen Ende über der Rollbahn hing. Aber sie mussten nicht so weit in die Ferne sehen, um zu erkennen, dass die Lichter zu nichts nütze waren. Das Flugzeug würde nirgendwohin fliegen.

Volkov lag am Fuß der herabgelassenen Metalltreppe, zumindest, was von ihm übrig war. Das Blut sah unter den Lichtern fast schwarz aus und es gab eine Menge davon. Es hatte sich unter einer Leiche angesammelt, die von etwas zerfetzt worden war, das sich nicht zurückgehalten hatte. Sie erkannten nur an der stämmigen Figur und dem Fellmantel, dass es der Russe war. Sein Gesicht war abgerissen, vom Scheitel bis zum Kinn. Nur ein Fetzen Haar über dem rechten Ohr und ein einzelnes, rotes Auge, das vorwurfsvoll starrte, waren übrig. Sein rechtes Bein fehlte unterhalb des Knies und anhand des zersplitterten Knochens und des zerfetzten Fleisches konnte man sehen, dass es mit roher Kraft abgerissen worden war. Einer der Wissenschaftler – Banks drehte sich nicht um, um zu sehen, welcher – übergab sich geräuschvoll, aber sie hatten größere Sorgen als ein bisschen Übelkeit.

Das Hauptcockpit des Learjets war eingeschlagen, ein klaffendes Loch war mitten im Pilotensitz – und der Pilot selbst war halb hindurchgeschoben. Der Kopf des Mannes fehlte und Blut rann vom Fenster die Nase des Flugzeugs hinab.

Das war alles, was Banks auf die Schnelle erkennen konnte. Der Alarm verstummte und der Strom fiel aus. Die Rollbahn wurde in Finsternis getaucht und der gesamte Komplex war schwarz und absolut still. Das einzige Licht kam nun aus dem Inneren des Flugzeugs vom oberen Ende der Treppe. Banks nahm das Gewehr von der Schulter und schaltete das Ziellicht an. Er drehte dem Flugzeug den Rücken zu und ließ den Lichtstrahl über das Rollfeld schweifen.

»Hynd, Cally, ihr seid dran. Checkt mal das Flugzeug. Wenn es sicher ist, dann verschanzen wir uns dort.«

Waterston meldete sich zu Wort.

»Verschanzen? Wir sollen wieder in den Komplex zurück, wo es sicher ist.«

»Sicher? So sicher, wie es mit einem beschissen riesigen Löwen ist, der in einem Käfig mit einem elektrischen Schloss sitzt, das gerade versagt hat? So sicher etwa?«

Waterston klappte kurz den Mund auf und wieder zu, ohne etwas zu sagen, was vermutlich besser war, denn Banks ging langsam der Puls hoch und das Adrenalin machte sich heftig bemerkbar. Da sollte man ihm besser nicht dumm kommen.

Hynd und McCally waren schon auf dem Weg die Treppe hoch und warfen einen Blick in die Kabine. Hynd drehte sich um und rief nach unten: »Alles klar. Im Cockpit ist eine ziemliche Schweinerei, aber wir können die Tür zumachen, wenn es sein muss – die ist stabil genug.«

»Kommunikation?«, fragte Banks.

Hynd machte eine Wellenbewegung mit der Hand.

»Mal sehen, was sich machen lässt. Wie gesagt, ist eine ziemliche Schweinerei.«

»Schaut mal, was ihr erreicht. Wir kommen hoch.«

Waterston sah immer noch aus, als wollte er widersprechen. Banks drehte sich um und sagte leise: »Hören Sie, da drin gibt es Strom und in einer Metallröhre sind wir sicher. Und es gibt so viel kostenlosen Schnaps und Essen, wie Sie sich nur reinstopfen können. Also, entweder das oder Sie verpissen sich alleine in das große, dunkle Gebäude, in dem verdammt riesige gefährliche Tiere herumschleichen. Ist Ihre Entscheidung.«

Wiggins zog Volkov zur Seite. Teile des Körpers blieben auf dem Rollfeld liegen und er hinterließ eine blutige Spur. Banks registrierte etwas aus dem Augenwinkel, ein Schatten in der Finsternis. Er schwenkte die Lampe in die Richtung und sah nur den hohen Zaun, der das Mammutgehege umgab. Aber statt dem Löwen fiel ihm der große Wolfsrüde ein und wie er ihn angesehen hatte.

»Rein, sofort«, bellte er. »Die Tür schließt sich in zehn Sekunden, ob ihr drin seid oder nicht.«

Waterstons kleine Rebellion schien für den Moment erstickt zu sein. Alle drei Wissenschaftler hasteten in die Kabine. Banks ließ Wiggins vor, dann ließ er das Licht an seinem Gewehr noch einmal über das Rollfeld schweifen, konnte aber nichts entdecken. Er schloss sich den anderen im Flugzeug an. Dann zog er die Stufen hinter sich hoch und schloss die Tür.

Sie schloss sich mit einem befriedigenden, satten Ton.

McCally und Wiggins waren im hinteren Teil der Kabine, die Wissenschaftler hatten sich am Büfetttisch und an der Bar niedergelassen. Welches Unheil sich im Flugzeug auch ereignet haben mochte, es schien auf die Gangway und das Cockpit beschränkt zu sein. In der Hauptkabine konnte man fast glauben, dass gar nichts Schlimmes passiert war.

Ein Blick in Hynds Gesicht genügte, um Banks vom Gegenteil zu überzeugen. Der Sergeant stand neben der geschlossenen Cockpittür und wartete, bis die drei Wissenschaftler ihnen den Rücken zudrehten, bevor er sie gerade weit genug öffnete, damit sie beide in das enge Cockpit schlüpfen konnten.

Was Banks zuerst auffiel, war der Geruch: Blut, Urin und Fäkalien, der nur zu vertraute Geruch, der zeigte, dass hier gerade jemand gestorben war. Die Sicht aus dem vorderen Fenster war verdeckt, weil die Leiche des Piloten aus dem Loch hing, das sie von außen gesehen hatten. Glassplitter waren überall verstreut – es sah aus, als wäre das gesamte Fenster eingedrückt worden.

»Irgendwas ist hier von draußen reingekommen?«, meinte Banks fragend und zeigte auf die Aussicht. »Durch zentimeterdickes Glas. Es ist hier reingekommen und hat den armen Wichser dann durch die Öffnung gezerrt?«

»So sieht es aus, Cap«, meinte Hynd. Er lenkte Banks' Aufmerksamkeit auf das Kontrollpanel. Es sah aus, als wäre es wieder und wieder von etwas Schwerem getroffen worden, dann waren die elektronischen Innereien herausgezerrt worden, wie um sicherzustellen, dass es auf keinen Fall mehr funktionieren würde.

»Entweder ist das ein verdammt cleverer Löwe oder das war was ganz anderes«, sagte Hynd.

»Ich würde sagen, Option B ist am wahrscheinlichsten«, erwiderte Banks. »Funkgerät?«

»Keine Chance«, sagte Hynd. »Alles in Stücke gerissen. Wir haben Glück, dass wir noch Strom haben, auch wenn der aus irgendeiner Batterie stammt und ich keine Ahnung habe, wie lange die noch Saft hat.«

»Und der Co-Pilot?«

Hynd deutete auf den zweiten Sitz. Eine große Pfütze dunkles Blut war auf dem Schalensitz.

»Ich glaube, wir können wohl davon ausgehen, dass wir den auch nicht wiedersehen.«

»Was zur Hölle hat die erwischt? Irgendeine Idee?«

»Abgesehen davon, dass es groß und stinksauer war?«

»Ja, das hab ich mir auch schon gedacht.«

Banks überprüfte die Tür, aber das bestätigte nur den ersten Eindruck; was immer hier passiert war, hatte sich auf das Cockpit beschränkt. Er vermutete, dass Volkov einfach nur Pech gehabt hatte und dem Ding in die Quere gekommen war. Aber Vermutungen brachten sie nicht weiter.

Er ließ Hynd zuerst aus dem Cockpit gehen, kam dann nach und schloss die Tür hinter sich. Sie schloss sich ebenfalls mit einem zufriedenstellenden dumpfen Schlag. Sie war nicht abgeschlossen, das ging nicht von dieser Seite, aber angesichts des Chaos, das sie gesehen hatten, war das ihre geringste Sorge, wenn das Ding zurückkam, das dieses Chaos angerichtet hatte.

Er wandte sich wieder Hynd zu.

»Bis zum Tagesanbruch bleiben wir hier, dann kehren wir in den Komplex zurück und suchen nach einer Möglichkeit, eine Nachricht abzusetzen. Wir halten in Schichten Wache und passen auf, dass die Eierköpfe keine Dummheiten machen. Und wenn irgendwas auftaucht, dann schießen wir drauf, bis es sich wieder verpisst. Alles klar?«

»Alles klar.«

»Cally, bist du nüchtern genug, eine Wache zu übernehmen?«

Der große Corporal nickte.

»Mir geht's gut, Cap. Lass Wiggo lieber eine Runde Schlaf nehmen, okay? Der hat sich mit den Russen besondere Mühe gegeben ... und ihrem Wodka.« Banks nickte.

»Ich nehme an, die kleine Saufrunde war vielleicht der Grund für den ganzen Ärger«, erwiderte er. »Wenn Wiggo die Sauferei nicht vertragen hat, dann könnte ich mir vorstellen, ging es mindestens einem der Russen genauso?«

McCally grinste betreten.

»Mehr als einem. Glaubst du, die hatten einen kleinen Unfall?«

»Einen beschissen großen wohl eher«, entgegnete Banks. »Also halten wir die ganze Nacht Wache. Du und der Sarge zuerst. Behaltet die beiden Türen im Auge. Zuerst schießen, dann Fragen stellen.« Er gab Wiggins einen Schubs und setzte ihn in einen der großen Lehnsessel. »Drei Stunden, dann hast du besser wieder einen klaren Kopf, Kumpel«, sagte er, aber der Kopf des Soldaten war bereits nach vorne gesunken und der Schlaf hatte ihn schon übermannt. Banks ließ McCally und Hynd vorne im Flugzeug zurück und ging nach hinten.

Die beiden jüngeren Wissenschaftler sahen genauso fertig aus wie Wiggins und waren ebenfalls kurz davor, einzuschlafen.

»Ruhen Sie sich aus, wenn Sie können«, sagte Banks. »Hier drin sind wir sicher.«

Falls Waterston mit dieser Einschätzung nicht übereinstimmte, war er schlau genug, es nicht vor den jüngeren Männern zu sagen. Als Banks sich dem älteren Wissenschaftler an der Bar anschloss, hielt der Professor eine Flasche Single Malt Scotch hoch und schwenkte sie hin und her.

»Trinken Sie einen mit?«

»Einen, aber einen kleinen«, sagte Banks. »Und auch nur, weil wir beide mal reden sollten.«

»Das sollten wir in der Tat«, erwiderte Waterston, goss ihnen beiden einen Drink ein und gab Banks ein Glas.

»Aber zuerst muss ich mich bedanken, dass Sie uns so schnell in Sicherheit gebracht haben. Ich habe das ganze Ausmaß unserer Situation noch nicht überblickt, bis …«

Er wedelte mit der Hand in Richtung der Außentür. Banks verstand, was er meinte.

»Volkov? Ja. Der kleine Mann war zwar ein Bastard, aber das war keine angenehme Art zu sterben.«

»Was hat das angerichtet?«, fragte Waterston und Banks lachte leise. »Das wollte ich Sie auch gerade fragen. Sie wissen mehr, als Sie bisher verraten haben.«

»Ja, ich fürchte, das stimmt«, erwiderte Waterston. Er schüttete schnell seinen Whisky in sich hinein, goss einen zweiten nach und fing an.

»Ich habe das erste Mal vor zwei Jahren davon Wind bekommen, dass da etwas im Busch war. Schließlich ist das ein kleines Forschungsgebiet und alle haben engen Kontakt. Da spricht sich etwas Ungewöhnliches schnell in der ganzen Forschungsgemeinde herum. Als vor Jahrzehnten das Schaf Dolly geklont wurde, hat das Wellen geschlagen. Aber die Neuigkeiten, die aus Sibirien kamen, waren ein Tsunami. Wir wussten alle, dass Volkov an uralten Gewebeproben arbeitete – seine Nachfragen nach Material und Zugang zu Forschung waren nicht gerade subtil, auch wenn er armen Forschern genug Geld hinterherwarf, dass ethische Überlegungen den Leuten nicht gerade als Erstes in den Sinn kamen.

Kurz gesagt, uns war klar, dass der Russe irgendwas vorhatte. Aber weil die Einrichtung so weit weg war und man schlecht Zugang hatte, konnte man nicht wirklich etwas deswegen unternehmen.

Das hat sich vor zwei Jahren alles geändert, als Volkov ein französisches Team engagierte, Spezialisten für Gentherapie, besonders Viren. Er hat sie hier einfliegen lassen und alle Ausgaben bezahlt. Die haben drei Monate in der Einrichtung verbracht und sind letzten November alle heimgefahren, zumindest ihre Asche. Volkov behauptete, ein Arbeitsunfall habe es erfordert, die Leichen zu verbrennen, aber sein Ruf hat ihn eingeholt und in dem Moment trat das Beratungsgremium der UN an mich heran und bat mich, ein Team zusammenzustellen.«

Waterston machte eine Pause und schenkte sich einen weiteren Drink ein. Im selben Moment sah Banks, wie Hynd und McCally sich anspannten und nach ihren Waffen griffen. Das ganze Flugzeug verschob sich, als wäre etwas von außen heftig dagegen gestoßen. Jeder im Flugzeug, zumindest diejenigen, die wach waren, hielten den Atem an, als wäre die Zeit einen Herzschlag lang stehen geblieben. Alle standen wie angewurzelt, als wäre es eine Szenenaufnahme aus einem Film, bevor die Uhren weiter tickten. Der Schlag von außen wiederholte sich nicht und man hörte kein Geräusch aus Richtung des Rumpfes. Banks versuchte, aus dem nächsten Fenster zu sehen, aber dahinter lag nur tiefes Schwarz und er sah sein eigenes Spiegelbild.

Er wandte sich an Waterston.

»Sie können mir auch noch den Rest erzählen«, sagte er. »Sieht nicht so aus, als würden wir irgendwohin gehen.«

»Volkov auch nicht«, sagte Waterston. »Ich habe meine Nachforschungen begonnen, indem ich dem Geld gefolgt bin, und schnell feststellte, dass er Millionen, vielleicht sogar Milliarden ausgegeben hat für diese Einrichtung und das, was er noch hier gebaut hat. Ja, gebaut. Ich will keine natürlichen Worte dafür verwenden, denn da ist nichts Natürliches an den Dingern, die er uns hier in seinem Streichelzoo gezeigt hat. Ich hatte schon so eine Ahnung, bevor ich gekommen bin, aber die hat sich heute bestätigt. Sehen Sie, er hat nicht nur Geld für Materialien und die unerlässlichen Genetiker ausgegeben, sondern auch für Biochemie und besonders Biochemie, die für das Wachstum – sehr schnelles Wachstum – zuständig ist, Hormone. Sie wissen sicher über die Chemikalien Bescheid, die man besonders in Nordamerika in die Nahrungskette pumpt, die ganzen Hormone und Antibiotika, die gebraucht werden, um die Nahrungsmittelproduktion in industriellem Maßstab aufrechtzuerhalten? Nun, unser guter Volkov benutzte dieselben Chemikalien, und das in riesigen Mengen. Was Sie heute gesehen haben, war das Ergebnis davon; größere, sehr viel größere Biester als irgendein Tier, das im Holozän je geboren wurde.«

»Er machte sie größer, als sie sein sollten?«

»Genau. Aber es ist nicht so sehr die Größe, die mir Sorgen macht, sondern die anderen Nebeneffekte. Sehen Sie, in den Staaten, wo sie dieselben Hormone verwenden, müssen sie zusätzlich auch große Mengen von Beruhigungsmitteln einsetzen – das ist nötig, um die Effekte der gesteigerten Aggression zu mindern.«

Banks war klar, was der Mann meinte.

»Groß und wütend. Keine gute Kombination.«

Waterston zeigte mit seinem Glas in Richtung Cockpit, wobei er ein wenig über seine Hand verschüttete.

»Ich glaube, das können wir wohl bestätigen, meinen Sie nicht?«

8

Die Nacht verstrich. Waterston ließ schließlich die Flasche stehen. Die drei Wissenschaftler sowie Soldat Wiggins schliefen, aber Banks' Hirn verweigerte ihm diesen Luxus. Er ging wieder nach vorne und schloss sich Hynd und McCally an.

Hynd nickte in Richtung Eingang.

»Irgendwas ist da draußen, Cap. Wenn man lange genug stillsteht, dann hört man es, wie es schnüffelt und schnauft.«

Banks dachte an Volkov oder eher an seine Leiche, die draußen liegen geblieben war, wie das Aas, das sie gesehen hatten und das für die Vögel ausgelegen hatte. Er vermutete, dass sich da draußen etwas an einem kostenlosen Mahl labte, aber er behielt seine Spekulationen für sich, was es sein könnte. Er sah auf die Uhr und war überrascht, dass es erst kurz nach Mitternacht war. Sie hatten noch eine lange Zeit der Dunkelheit vor sich, bevor der Morgen anbrach.

»Cally, kannst du mal nachsehen, ob du irgendwie einen Kaffee zusammenbrauen kannst? Entweder das oder die Whiskyflasche, und ich bin schon schwer in Versuchung.«

»Da geht's dir wie mir, Cap«, erwiderte McCally und machte sich auf den Weg zum Büfettbereich, um zu sehen, was in den Schränken darunter war. Hynd zündete sich eine Zigarette an und paffte gekonnt zwei Ringe, bevor er das Wort ergriff.

»Hast du was Nützliches vom Prof erfahren?«

»Nicht viel«, erwiderte Banks. »Er war eher daran interessiert, sich Whisky hinter die Binde zu gießen. Und ich kann es ihm kaum vorwerfen. Verflucht, was für ein verdammtes Schlamassel.«

»Eines in einer langen Reihe«, sagte Hynd und grinste finster. »Deswegen bezahlen die uns so gut, Cap.«

»Wenn wir zurückkommen, erinnere mich daran, dass ich um eine Gehaltserhöhung bitte«, sagte Banks. McCally kam mit Kaffee für alle drei zurück.

»Ich habe eine kleine Kaffeemaschine gefunden«, sagte er. »Und den besten Kaffee, kolumbianisch, dunkle Röstung. Und da ist auch noch jede Menge davon da.«

»Die kleinen Freuden des Alltags.« Banks nippte dankbar an dem starken, bitteren Gebräu.

Als es an der Zeit war, dass Wiggins seine Wache antrat, meldete sich Hynd zu Wort.

»Lass den Kerl schlafen, Cap. Der Kaffee hat mich genug aufgeputscht und in Kombination mit den Kippen bin ich sowieso zu aufgedreht, um zu schlafen. Ich leiste dir Gesellschaft.«

McCally ging nach hinten, um sich einen Sessel auszusuchen. Dabei stieß er einen der schlafenden Wissenschaftler an, den Mann aus West Country, der langsam wach wurde, sich verschlafen von seinem Stuhl erhob und zu Banks und Hynd nach vorne kam.

Er sprach zuerst Hynd an.

»Ich könnte auch eine Zigarette vertragen, wenn ich darf?«, sagte er. Hynd gab ihm eine, holte sich selbst gleichzeitig eine heraus und Sekunden später pafften beide Männer vor sich hin. Früher einmal hätte sich Banks ihnen fröhlich angeschlossen, aber das war zumindest eine Angewohnheit, die er unter Kontrolle hatte.

»Sorry, ich habe Ihren Namen gar nicht mitbekommen«, sagte er zu dem Wissenschaftler. »Galloway, Harry Galloway«, sagte der Mann. »Ich bin Spezialist für Primaten.«

»Was macht ein Primaten-Experte bei diesem Ausflug?«, fragte Hynd. Aber im selben Moment, als er es aussprach, fügten sich einige Puzzlestücke auf einmal zusammen, die Banks im Kopf versucht hatte aneinanderzufügen.

»Oh, verflucht«, sagte er. »Sagen Sie mir, dass es nicht ein verdammter, übergroßer Gorilla ist.«

Galloway senkte die Stimme fast zu einem Flüstern.

»Wir sind nicht sicher, was es überhaupt ist«, sagte er. »Aber Volkov gab Geld für Gen-Splicing-Ausrüstung aus und für Materialien, die besonders auf Affen abzielten – vor allem auf die großen Menschenaffen.«

»Ein verdammter King Kong. Genau, was uns noch gefehlt hat«, meinte Banks. »Aber das erklärt den versteckten Käfig hinter der Stahltür draußen und wovor das russische Team Angst hatte.«

»Und es erklärt auch, wieso wir über die Nacht hier eingesperrt sind, oder?«, fragte Hynd.

»Ich hoffe nicht, verfluchte Scheiße«, entgegnete Galloway, aber Banks sah plötzlichen Zweifel und Angst im Blick des Mannes.

Um drei Uhr morgens dachte Banks darüber nach, ob er vielleicht jetzt etwas Schlaf bekommen könnte, und wollte gerade Wiggins aufwecken, als das Flugzeug von außen angestoßen wurde, diesmal stärker und mit mehr Nachdruck.

»Aufwachen, Männer«, sagte Banks. »Wir haben Besuch.«

Der Flugzeugrumpf schaukelte und kippte dann nach links, schlug auf die Rollbahn. Wissenschaftler, Schnapsflaschen, leere Gläser und die kalte Platte mit Aufschnitt flogen durch die Kabine. Banks blieb nur deswegen aufrecht, weil er sich am Türgriff festgehalten hatte.

Ein Brüllen erscholl von draußen, tief und dröhnend, dann schaukelte das Flugzeug wieder, als wäre es hart getroffen worden. Metall kratzte und quietschte über Stein, als sie weitergeschoben wurden und dann ruckend zum Stillstand kamen, als das Flugzeug von der Rollbahn auf weicheren Untergrund stürzte.

Erneut quietschte Metall, diesmal klang es reißend und das Geräusch kam Richtung Cockpit. Die Kabine war im 30-Grad-Winkel gekippt und die Schieflage spielte den Augen einen Streich, bis Banks sich an der Wand abstützte. Er zählte mit den Fingern der linken Hand von drei herunter, während er die rechte gegen die Cockpittür drückte. Hynd und McCally waren schon hinter ihm aufgereiht, als er die Tür aufriss.

Sie kamen gerade rechtzeitig, um zu sehen, wie die Leiche des Piloten komplett aus dem Fenster gezerrt wurde und verschwand. Hynd und McCally feuerten, aber es war zu spät. Sie erhaschten nur einen kurzen Blick auf eine riesige graue, gestreifte Flanke und einen peitschenden langen Schwanz, als der Höhlenlöwe die Leiche des Piloten in die Nacht davonzerrte.

9

Es gab keinen weiteren Alarm, bis das Morgengrauen sich über den Himmel ausbreitete und durch die Fenster des Flugzeugs sichtbar wurde, aber jeder Gedanke an Schlaf war Banks abhandengekommen, als die große Raubkatze aufgetaucht war. Er erinnerte sich nur zu gut daran, wie effizient er den Hasen vertilgt hatte, und nun war er aus dem Käfig und Banks hatte nicht vor, auch nur eine Sekunde unachtsam zu sein.

Wiggins hatte keine solchen Sorgen und schlief fast sofort wieder ein, nachdem sie die Cockpittür geschlossen hatten und der Löwe verschwunden war, aber er war der Einzige. Die drei Wissenschaftler versammelten sich um die Überreste des Büfetttisches und versuchten zu retten, was zu retten war. McCally schaffte es, für alle einen Kaffee zu machen, und Banks musste sich eine ganze Litanei von Theorien und Fragen der Wissenschaftler anzuhören.

»Sehen Sie«, sagte er nach einer Weile, »ich weiß auch nicht mehr als Sie. Irgendwie ist die Raubkatze rausgekommen und streift herum. Ob das den Alarm ausgelöst hat oder ob es das ist, was Volkov erwischt hat, weiß ich nicht. Aber ich bin mir ziemlich sicher, dass es kein Löwe war, der ins Cockpit gelangt ist und die Verkabelung herausgerissen hat – außer Volkov hat die Biester nicht nur größer, sondern auch schlauer gemacht.«

Waterston wurde weiß im Gesicht bei dem Gedanken und schüttelte dann den Kopf.

»Nein«, sagte der Wissenschaftler. »Das war was anderes, das sehe ich auch so. Und mir ist langsam klar, worauf Sie hinauswollen – ich glaube, das fällt in Galloways Fachbereich. Aber das wissen wir erst, wenn wir gehen und nachsehen.« Banks schüttelte den Kopf.

»Zu riskant«, sagte er. »Sie bleiben alle hier mit Cally und Wiggo. Der Sarge und ich werden zu dem Komplex hinübergehen und wir sehen mal, was da los ist. Mal schauen, ob wir irgendwie eine Nachricht absetzen können.«

»Das wird nicht funktionieren«, meinte der Wissenschaftler. »Und das wissen Sie auch. Sie haben keine Ahnung, wonach Sie suchen müssen, zum Ersten. Und zum Zweiten sind wir hierhergekommen, um das Ganze zu untersuchen, und ich habe auch vor, das zu tun.«

»Ich nehme an, ihn zu erschießen, ist keine Option?«, sagte Hynd mit einem Lachen und Banks brachte ebenfalls ein Grinsen zustande.

»Führe mich nicht in Versuchung.«

Aber er sah, dass der Wissenschaftler sich nicht umstimmen lassen würde.

»Okay, wenn einer von uns geht, dann gehen wir alle. Aber Sie tun, was ich sage, wenn ich es sage. Wenn ich sage, rennen – dann rennen alle. Ich nehme an, die Raubkatze fühlt sich draußen wohler als drinnen in der Nähe der Käfige. Aber wir können es nicht sicher wissen. Unser wichtigstes Ziel, unser Hauptziel, ist es, gerettet zu werden, also finden wir ein Telefon oder eine Internetverbindung; irgendetwas. Erst danach denke ich auch nur im Entferntesten daran, etwas zu untersuchen. Einverstanden?«

Waterston sah nicht glücklich aus, aber nun war Banks an der Reihe, seinen Dickschädel durchzusetzen, und er war mindestens genauso gut darin, wenn nicht besser als der Professor.

Im Morgengrauen weckten sie schließlich Wiggins und alle tranken einen Kaffee und aßen etwas von den Resten, die noch genießbar waren, bevor Banks alle zusammentrommelte, um loszuziehen.

»Wir lassen unsere Taschen mit der Ausrüstung hier«, sagte er. »Wir gehen schnell rein und mit leichtem Gepäck, und sollten wir getrennt werden, dann ist das hier unsere Basis, wo wir uns sammeln. Es ist vermutlich der sicherste Ort, auch wenn wir ein großes Loch im vorderen Fenster haben.« Die Wissenschaftler sahen blass aus oder sogar verängstigt, aber die beiden jüngeren schienen fest entschlossen, Waterston zu folgen, und Banks musste zugeben, dass der Prof nicht ganz unrecht hatte – die Eierköpfe würde viel schneller merken, wenn irgendetwas nicht stimmte, als irgendwer aus Banks' Team.

»Fertig?«, fragte er. Mittlerweile war durch die Fenster volles Tageslicht sichtbar. Banks überprüfte beide Seiten des Flugzeugs. Auf der linken Seite sah man Mammuts durchs Fenster und auf der rechten Seite lag der ruhige Komplex wie ausgestorben. Man sah nichts von der großen Raubkatze, aber sie war definitiv irgendwo da draußen, da machte er sich keine Illusionen.

Und was ist sonst noch da draußen?

Das war die Frage, auf die er sich eine Antwort erhoffte, als er die Tür öffnete und mit einem Tritt die Einstiegsleiter aus dem Flugzeug beförderte.

»Ausrücken«, sagte er.

Es gab keine Spur des Nebels vom vorherigen Tag und sie hatten eine klare Sicht auf die Rollbahn. Es gab keine Leichen, weder die von Volkov noch die des Piloten. Man sah eine rote, blutige Spur, wo Volkov davongezerrt worden war, der rote Streifen war noch mehrere Meter auf dem dichten Gras sichtbar, bevor die Spur sich im Sumpf verlor. Sie fanden eine einzelne Tatzenspur im Schlamm, ein verräterischer Abdruck einer Katze, die die Größe eines Kleinwagens hatte, aber man sah keine andere Spur des Biests oder der Leichen, die sie offensichtlich davongezerrt hatte.

Hoffen wir, dass es seinen Hunger gestillt hat, zumindest für eine Weile.

Die Mammuts wirkten unbeeindruckt und schlenderten in ihrem umzäunten Areal herum, fraßen so gemütlich wie zuvor. Falls der Löwe in der Nähe war, so schien er die Tiere zumindest nicht zu stören.

Nicht, wenn es einfachere Beute gibt.

Banks verdrängte diesen Gedanken; das Schlimmste, was er tun konnte, war, sich selbst als angreifbar zu sehen. Das Squad war gut ausgebildet, schwer bewaffnet und konnte es mit jedem Tier aufnehmen, egal wie groß. Solange er daran glaubte, waren sie die Raubtiere hier.

»Sarge, Wiggo, ihr deckt uns den Rücken«, sagte er. »Cally, du bleibst bei mir.«

Sie liefen im Laufschritt über das Rollfeld in Richtung des stillen Komplexes.

Der Hauptempfangsbereich war so dunkel und leblos, wie er gewesen war, als sie ihn in der Nacht zuvor so schnell verlassen hatten. Die ersten Anzeichen von Chaos waren erst offensichtlich, als sie in den Bereich unter den Kuppeln kamen. Die erste Leiche, die sie fanden, war die der jungen Wissenschaftlerin mit dem weißen Kittel, die mit Banks und Hynd beim Essen an einem Tisch gesessen hatte. Ihr Kopf ruhte in einem unnatürlichen Winkel auf den Schultern, der Bauch war aufgerissen, die Innereien hingen unter dem weißen Kittel heraus. Sie war mehr als einmal gegen die Glaswand des Löwenkäfigs geworfen worden. Das Glas war blutverschmiert und ein Riss verlief über die gesamte Länge. Aber der Löwe war vermutlich auf einfachere Art entkommen. Der große Teil der Kuppel, der nach draußen Richtung Rollfeld führte, war eingeschlagen, von außen eingedrückt. Der Löwe war definitiv entkommen, aber es war nun offensichtlich, dass er Hilfe gehabt hatte. Es gab keine Spur von irgendeinem der Hasen. Wenn sie schlau genug waren, dann würden sie noch eine Weile in ihren Erdlöchern bleiben.

Die riesige Kuppel des Vogelhauses war ebenfalls beschädigt – die Ursache war genauso offensichtlich, da zwei riesige Steine auf dem Boden lagen, die von zerbrochenem Glas und verbogenem Stahl umgeben waren. Was auch immer die Felsen von außen geworfen hatte, musste gewaltige Kraft gehabt haben, denn nach einem Blick darauf war Banks klar, dass er sie nicht einmal anheben konnte, geschweige denn, sie mehrere Meter zu werfen. Er sah zur Spitze der Nadelbäume, aber die Äste waren verlassen. Die Donnervögel hatten sich dem Löwen in der Freiheit angeschlossen.

Sie fanden die restlichen jungen Wissenschaftler im Korridor, der zum Laborbereich führte. Sie lagen in einem Haufen in der Nähe der Tür. Blut, Gedärme und abgerissene Gliedmaßen hatten die brillant-weißen Fliesen rot verziert. Es sah aus, als hätten sie zu fliehen versucht, aber waren im Türdurchgang erwischt worden. Erwischt und abgeschlachtet, so effizient, als wären sie von einem Schlachtermesser aufgeschlitzt und zerteilt worden. Banks musste nicht genau hinsehen, um zu sehen, dass es zu wenige Gliedmaßen bei all dem Gemetzel waren, wenn man sie mit der Zahl der Torsi verglich.

Was es auch war, es hat einen Snack für unterwegs mitgenommen.

Einem der jungen Engländer, Galloway, war sämtliche Farbe aus dem Gesicht gewichen und er schien etwas wackelig auf den Beinen, Sergeant Hynd stützte ihn mit der Schulter, damit er nicht zu Boden ging.

»Komm schon, Kumpel«, sagte er. »Einfach die Augen zumachen, wenn es sein muss. Ich stütze dich. Wir gehen durch das Labor an die frische Luft. Wir müssen irgendeine Kommunikationseinrichtung finden.« Banks ging voran, während sie vorsichtig durch das Blutbad liefen und versuchten, auf nichts Rutschiges zu treten. Aber falls sie gehofft hatten, im Labor etwas bessere Luft atmen zu können, dann wurden sie enttäuscht.

Das Erste, was Banks auffiel, als er das Squad in die große Kuppel führte, war, dass der Wolfskäfig auf der Seite lag und die Tür offen war. Seine Knie wurden schwach, als ihm das hungrige Starren des großen Männchens allzu deutlich vor Augen stand, aber er sah, ohne zu nahe herangehen zu müssen, dass die Käfige leer waren und das Labor ruhig und verlassen. Wie der Löwe und die Donnervögel schienen auch die Wölfe die Möglichkeit genutzt zu haben, ihre Freiheit zu erlangen.

Eine Brise streifte seine Wange. Sie kam von einem großen Loch in der Kuppel links neben Banks. Und es gab wohl keine Chance, mit der Außenwelt zu kommunizieren, zumindest nicht von hier. Alle Computer, Laptops, Terminals und alles, was irgendwie elektrisch betrieben wurde, war zerschmettert und zerbrochen zu einem Haufen Trümmer in der Mitte des Raumes aufgehäuft, als habe jemand ein Sonnwendfeuer aufgeschichtet.

Wenigstens hielt der Wind einen Teil des Gestanks ab, aber nicht völlig. Zwei der russischen Arbeiter, mit denen Wiggins am Abend vorher getrunken hatte, lagen mit dem Gesicht nach oben auf dem Rücken auf den langen Arbeitsplatten. Sie waren nackt und vom Schritt bis zum Hals aufgeschlitzt, von etwas, das wohl an ihre Eingeweide hatte herankommen wollen. Ihre Rippen waren aufgebrochen, grausig zertrümmerte Splitter ragten aus den roten, klaffenden Wunden, die übrig waren.

»Das sieht wie ein Ritual aus«, sagte Waterston.

»Nennt man das heute so?«, fragte Wiggins als Reaktion. »Sieht für mich wie verdammter Mord aus.« Der Soldat wandte sich zu Banks. »Ich hab noch keine verfluchte Raubkatze gesehen, egal wie groß, die in der Lage war, so eine Scheiße anzurichten. Du etwa, Cap?«

Es war Galloway, der antwortete. »Ich habe so etwas schon mal gesehen«, sagte er leise. Er war immer noch bleich im Gesicht, aber er konnte alleine stehen und war sogar näher an die Leichen auf dem Tisch gegangen. Seine wissenschaftliche Neugier hatte bei dem Anblick seine Übelkeit verdrängt. »In Afrika hat einmal eine Gruppe Gorillas einen Schimpansen erwischt. Das Ergebnis sah sehr ähnlich aus wie das hier.«

»Beschissene Gorillas? Red keinen Scheiß, Mann«, sagte Wiggins und sah erneut Banks an, wie zur Bestätigung, aber Banks hatte keine Antwort für ihn.

Aber ich glaube, ich weiß, wo wir nach einem suchen können.

10

Den Hinterausgang der Kuppel gab es nicht mehr; da war nur noch ein weiteres großes Loch in der Struktur, und zerbrochenes Glas, Steine und verbogenes Metall waren überall verteilt.

Der dritte und letzte der Russen lag im Hof dahinter an der Tür, die in den Hügel führte. Sie war offen, die Tür selbst lag vor dem Eingang und war offenbar mit Gewalt von innen geöffnet worden. Die gewaltigen Türangeln sahen so aus, als hätten sie letztlich einem intensiven Druck nachgegeben. Der Russe war etwas im Weg gestanden, das unbedingt entkommen wollte. Er war nicht nur abgeschlachtet worden, er war zerfetzt, an manchen Stellen nahezu zu Hackfleisch verarbeitet, in einer so gewaltigen Wut in Stücke gerissen, dass es nahezu unglaublich schien.

»Ah, kleiner Mann«, sagte Wiggins. »Dein Wodka war vielleicht Scheiße, aber das hast du nicht verdient.«

»Niemand hat so etwas verdient«, entgegnete Banks.

Er beäugte das dunkle Loch des Durchgangs. Die Öffnung führte direkt in den Hügel; es schien keine Lichtquelle zu geben und ein Gestank waberte aus der Finsternis, ein dicker, fast fleischiger bestialischer Geruch, der schlimmer war als alles, was sie bisher gerochen hatten.

»Cally, hab ein Auge auf die Zivilisten und schrei, wenn du uns brauchst«, sagte er. »Wir gehen rein.«

Wieder war es Waterston, der anderer Meinung war.

»Wir gehen alle«, sagte er. »Sie brauchen unser Wissen.«

»Was ich brauche, ist ein Drink«, erwiderte Wiggins, aber Banks sah, dass alle drei Wissenschaftler fest entschlossen waren.

»Okay«, entgegnete er. »Aber es gelten ein paar Regeln. Wenn ich sage, rennt, dann rennt ihr.«

Waterston nickte zur Antwort. Banks schaltete das Ziellicht an seiner Waffe an, richtete den Strahl vor sich und betrat den Hügel.

Der Gestank wurde noch schlimmer. Banks atmete, so flach er konnte, durch die Nase, aber selbst dann spürte er, wie sein Magen rebellierte. Er erinnerte sich daran, dass sie früher, als er noch ein kleiner Junge war, einen Hund gehabt hatten, der sich begeistert in frischen Kuhfladen gewälzt hatte. Er hatte gedacht, das sei das Schlimmste, was er je riechen würde. Jetzt wusste er es besser.

Der Lichtstrahl erhellte roh behauene Wände, uralte Handarbeit, die keine Spur moderner Werkzeuge aufwies. Diesen Gang hatte es schon gegeben, lange bevor Volkovs Anlage darum herum entstanden war.

Was zur Hölle hat er hier in der Dunkelheit versteckt?

Die Passage führte leicht abwärts noch ein ganzes Stück weiter in den Hügel. Nach etwas über zehn Schritten hatte Banks das Gefühl, einen weiteren, offeneren Raum zu betreten. Seine Lampe erhellte eine runde Kammer von etwa fünf Metern Durchmesser mit einer gewölbten Decke in zwei Metern Höhe. Drei weitere Gänge verzweigten sich nach links, rechts und geradeaus.

»Soll ich mal einen davon überprüfen, Cap?«, fragte Wiggins neben ihm. »Zur Hölle, nein«, entgegnete Banks leise. »Wir gehen alle zusammen, egal in welche Richtung. Wir wissen nicht, wie weit in den Hügel diese Tunnel führen oder was darin ist. Was auch immer alle in der Einrichtung abgeschlachtet hat, könnte hier drin bei uns sein. Also alle schön dicht zusammenbleiben und den anderen den Rücken decken.«

Er wählte die Passage, aus der der stärkste Gestank kam. Der Pfad führte erneut nach unten, noch tiefer in den Hügel, aber er reichte nicht weit und das hallende Echo ihrer Schritte verriet Banks, dass sie erneut in einen offenen Bereich gekommen waren. Er schwenkte den Lichtstrahl herum.

Diese neue Kammer war noch größer, etwa zehn Meter im Durchmesser an der breitesten Stelle und drei Meter hoch an der höchsten. Ein dünner, blasser Lichtstrahl sickerte durch einen Spalt im Felsen, aber Banks war zu schwach, um irgendetwas zu erkennen, ohne die Lampe an seiner Waffe zu verwenden. Es war – wohl vor langer Zeit einmal – eine Schlafkammer gewesen, wenn man die beiden dicht gepackten, hohen Strohhaufen betrachtete. Banks schwenkte das Licht herum, bevor Waterston ihm zurief und damit stoppte.

»Warten Sie. Ein Stück zurück. Leuchten Sie mal auf die Wand zu Ihrer Linken.«

Banks tat wie verlangt und sein Lichtstrahl erfasste etwas auf dem Felsen. Zuerst glaubte er, es war weiteres Blut, ein weiterer Beleg für das Abschlachten. Aber das hier war anders. Erst als er näher herantrat, bemerkte er, wie anders. Primitive Piktogramme bedeckten die Wände ein Stück oberhalb von Banks' Kopf. Repräsentationen von Tieren, die man sofort erkennen konnte, auch wenn sie so schlicht dargestellt waren – Mammuts und Rehe, Wölfe und Rhinozerosse. Auf einer Seite, noch etwas höher, fast zweieinhalb Meter über dem Boden, war ein einzelner roter Handabdruck. Es dauerte ein paar Sekunden, bis ihm die Größenordnung klar wurde – es waren fünf Finger und ein gegenüberliegender Daumen, aber flacher, breiter als eine menschliche Hand … und mindestens zweimal so groß.

Galloway schob Banks zur Seite und sein Finger glitt über eines der Wandgemälde.

»So etwas habe ich auch schon einmal gesehen«, sagte er. »Allerdings nicht von Gorillas, sondern von Steinzeitmenschen. Diejenigen, die ich in den Hügeln in Frankreich gesehen habe, waren 20.000 Jahre oder älter. Aber diese hier … die wurden erst in den letzten paar Tagen gemacht, würde ich schätzen.«

»Was zur Hölle hatten die hier drin eingesperrt?«, fragte Wiggins, aber niemand antwortete ihm.

Sie durchsuchten die restlichen Kammern. Es dauerte nicht lange. Eine der beiden Passagen, die abzweigten, führte zu einem Loch im Boden und man konnte fließendes Wasser hören, irgendwo unergründlich weit unter ihnen. Banks hatte genug Feldlatrinen gesehen, um eine zu erkennen, wenn er sie sah. Die Kammer auf der linken Seite führte zu einem weiteren Ort, dessen Zweck ebenso offensichtlich war – es war ein kleiner Bereich mit einer Gewölbedecke, in dem nur ein Steintisch und die Überreste von Essen waren – hauptsächlich Fleisch und größtenteils roh. Auch wenn der Gestank nicht so heftig war wie im Schlafbereich, konnte es Banks nur 20 Sekunden aushalten, bevor er den Raum wieder verließ auf der Suche nach frischer Luft. Er traf Waterston an der verbogenen Stahltür. Der Wissenschaftler zog etwas von den Türangeln: lange Strähnen dicker Haare.

»Also, was zur Hölle ist das?«, fragte Wiggins beharrlich. »Sagen Sie bloß nicht, dass die hier riesige Gorillas gehalten haben. Bloß nicht.«

»Ich glaube nicht, dass es Gorillas sind.« Waterston zeigte allen die Haare, die er von dem zerrissenen und verbogenen Metall gezogen hatte. Sie waren dicker als menschliches Haar, fast drahtig. Und sie waren rötlich, an manchen Stellen fast orange.

»Okay, also große verfluchte, rothaarige Gorillas?«, fragte Wiggins. »Oder reden wir von Orang-Utans?«

»Gorillas, egal ob rothaarig oder nicht, malen keine Bilder und räumen den Tisch ab«, sagte Galloway hinter ihnen. »Und sie spielen sicher nicht Flöte. Ich habe das hier in einem der Betten gefunden.« Er hatte einen Knochen in der Hand und alle sahen, dass auf ganzer Länge Löcher hineingemacht waren. Galloway setzte ihn an die Lippen und blies. Er spielte zwei Takte lang eine einfache Melodie. Irgendwo draußen hinter der Kuppel trötete ein Mammut wie zur Antwort und etwas anderes reagierte mit einem Röhren, einem wilden Schrei, der sehnsüchtig und schmerzerfüllt klang und noch um sie herum erscholl, nachdem Galloway den Knochen vom Mund genommen hatte.

»In was für eine Scheiße hast du uns diesmal wieder manövriert, Cap«, sagte Wiggins, als die vier Männer des Squads nach ihren Gewehren griffen. Sie standen in einer Reihe vor der zerstörten Stahltür, die Wissenschaftler hinter ihnen. Alle waren angespannt und warteten auf einen Angriff.

Es kam keiner.

Banks tätschelte seine Waffe und schlang sie wieder über seine Schulter. »Was immer die sind, es sind nur Tiere. Wir haben die Feuerkraft, um jedes Riesenvieh plattzumachen, das uns über den Weg läuft, wenn sie dumm genug sind, nah genug heranzukommen. Wir müssen einen Weg finden, eine Nachricht abzusetzen. Ich will hier weg sein, bevor es dunkel wird.«

11

Hynd und McCally übernahmen die Spitze, als sie zurück in die Einrichtung gingen. Banks war froh, erst einmal von dem Gestank weg zu sein, auch wenn er dachte, seine Nase würde, genauso wie sein Hals, die Erinnerung daran eine Weile nicht mehr loswerden. Sie gingen durch die kaputte Tür in den Laborbereich.

»Sind wir wirklich sicher, dass hier nichts mehr funktioniert?«, sagte er. Dieses Mal wandte er sich an die Wissenschaftler und nicht an seine eigenen Männer. Galloway antwortete als Erster.

»Das ist alles völlig im Arsch«, sagte er, »entschuldigen Sie den Ausdruck. Und Sie haben recht. Das war kein Löwe oder die Wölfe. Was immer die ganze Elektronik zerfetzt hat, wusste zumindest teilweise, was es da tat.«

»Also verschissen riesige clevere, rothaarige Gorillas?«, fragte Wiggins. »Verflucht großartig.«

»Gibt es kein Netzwerk irgendwo im Hintergrund, das noch unberührt ist? Ein WLAN-Router oder so etwas?«

Diesmal war es der ältere Wissenschaftler Waterston, der antwortete. »Ich bin mit meinem Handy von meinem Zimmer aus in ein WLAN reingekommen, kurz bevor wir gestern Abend gegessen haben«, sagte er. »Bei all der Aufregung hatte ich das komplett vergessen.«

»Aye«, sagte Wiggins sarkastisch. »Ist ja nicht so, als würde unser aller Leben davon abhängen oder irgendwas anderes Wichtiges.« Banks gab dem Soldaten einen Klaps aufs Ohr.

»Wenn du nicht helfen willst, dann halt die Schnauze, Wiggo. Lass die Leute mit mehr Hirn mal nachdenken.« Er wandte sich wieder an Waterston.

»Es gibt also WLAN im Gästebereich?«

»Zumindest gestern Abend, vor dem ganzen Schlamassel. Ob es noch funktioniert …?« Waterston bewegte die linke Hand hin und her.

»Das ist der einzige Plan, den ich habe«, sagte Banks. »Und es sieht so aus, als gäbe es keine Überlebenden, die uns irgendwas anderes vorschlagen könnten. Also auf in den ersten Stock. Hynd, Cally?« Die anderen beiden sahen sich um. »Im Laufschritt in den Gästebereich. Und haltet die Augen offen.«

Banks sah, wie alle drei Wissenschaftler sich bemühten, das Blutbad und Gemetzel im Korridor vor dem Labor zu ignorieren, als sie den Weg zurück antraten – er konnte ihnen keinen Vorwurf machen. Kein Mann sollte sich die Innereien eines Menschen ansehen müssen, die offen ausgebreitet waren in einem ultimativen Eindringen in die Privatsphäre. Er hatte selbst schon in all den Jahren zu viel davon gesehen, um jemanden wegen seiner Reaktion zu verurteilen.

Hynd und McCally gingen voran in die Kuppel des Vogelhauses und blieben dann plötzlich stehen. Hynd streckte die Faust nach oben. Wiggins und Banks kannten die Bedeutung, blieben stehen und verstummten, aber die drei Wissenschaftler mussten mit einer Hand auf Waterstons Schulter und einem Finger auf seinen Lippen gestoppt werden.

»Cap, das musst du sehen«, sagte Hynd und winkte ihn heran.

Banks hatte sich gefragt, was mit der Leiche von Volkov passiert war. Er hatte gedacht, der große Löwe musste ihn mitgenommen haben, aber nun hatte er einen neuen Verdächtigen. Der kleine dicke Russe lag auf dem

Futtergestell des Vogelhauses, die Rippen auseinandergebogen wie Adlerschwingen, die leblosen Augen starrten auf die Baumspitzen weit über ihnen. Seine inneren Organe waren komplett ausgeweidet und lagen in einem nassen, roten, ordentlichen Haufen unter dem Tisch.

»Irgendwas hat versucht, ein beschissenes Kanu aus ihm zu machen«, sagte Hynd.

Waterston trat neben Banks' Schulter, betrachtete kurz den Anblick und drehte sich dann würgend weg.

»Er war noch nicht da, als wir reingekommen sind«, sagte McCally leise.

»Nein, war er nicht«, entgegnete Banks. »Das heißt, was immer ihn hierher gebracht hat, kann sich schnell und leise bewegen – und es ist vielleicht immer noch mit uns hier drin. Der Plan hat sich nicht geändert. So schnell wie möglich zu den Gästezimmern und versuchen, eine Nachricht abzusetzen. Haltet die Augen offen und keine Faxen.«

Banks blickte auf, sah in dieselbe Richtung wie der tote Russe, nur um festzustellen, dass er aus zehn Metern Höhe ebenso beobachtet wurde. Er hatte es zuerst fast für einen Teil des Baums gehalten, denn es war rostrot und verschmolz nahezu mit der Rinde und den Ästen. Aber das Gesicht war blasser als der Körper und beinahe haarlos im Vergleich zu den zottigen, roten Haaren, die den Rest des Körpers bedeckten. Blassblaue Augen, wie ein Fluss an einem klaren Tag, starrten zu Banks hinab. Er erhaschte nur einen Blick auf den Kopf und die Schultern, bevor es sich unter das dichte Astwerk duckte. Es sah menschlich aus – kräftiger, größer und definitiv haariger, aber auch fast menschlich.

Zweige knackten und schwankten und Kiefernnadeln fielen um sie herum zu Boden, während die Bestie höher kletterte und sich zwischen den Ästen mit fast unglaublicher Geschwindigkeit den Baum hinauf bewegte. Banks fiel ein, seine Waffe zu heben, und er versuchte zu zielen, aber er hatte kein eindeutiges Ziel und das Ding war bereits an der Spitze des Baums angekommen.

Sie konnten es besser sehen, als es das Vogelhaus verließ. Banks versuchte, die Größe einzuschätzen, und verglich es mit den Vögeln, die er am Tag zuvor dort oben gesehen hatte, aber er war sicher, dass entweder seine Berechnung oder Erinnerung falsch sein mussten, denn er schätzte das Biest auf knapp zweieinhalb Meter. Mit Armen, die zu lang aussahen, sprang es nach oben, schnappte einen der Stahlträger der Kuppel und schwang sich aus dem Loch ganz oben in der Kuppel. Es hastete davon – rannte dabei aufrecht wie ein Mensch über das Dach, noch bevor einer von ihnen daran dachte, einen Atemzug zu machen.

»Ich wusste es«, sagte Wiggins. »Beschissen riesige, rothaarige Gorillas.«

»Bewegung«, sagte Banks. »Es ist fürs Erste verschwunden, aber wenn es zurückkommt, dann schießt ihm ein paar Kugeln über die Birne. Es hat vermutlich noch nie ein Gewehr gesehen oder gehört. Ich hoffe, das genügt, um es abzuschrecken.«

Galloway starrte immer noch zum Dach und konnte nicht glauben, was er gerade gesehen hatte.

»Der irre Spinner hat es tatsächlich geschafft«, flüsterte er.

»Was geschafft?«

»Er hat einen Hominiden geklont«, flüsterte Galloway. »Und einen, der noch nicht einmal existieren sollte.«

»Sparen Sie sich das für später«, sagte Banks und lief voraus, um sich den anderen anzuschließen. »Fürs Erste bleiben wir bei unserem Plan, bis wir einen anderen brauchen. Aber irgendwann will ich eine Erklärung haben.« Galloway lachte bitter.

»Die könnten wir beide brauchen«, sagte er, aber riss schließlich den Blick vom Dach los und ging hinaus, um sich den anderen anzuschließen. Hynd und McCally führten alle den Weg im Vogelhaus entlang in den überdachten Gang des Hauptkomplexes.

Banks behielt die Bereiche mit den Käfigen genau im Auge, besonders den mit dem Höhlenlöwen, aber alles war ruhig in diesem Teil der Einrichtung. Die Hasen waren immer noch verschwunden und Banks hoffte, dass der Löwe selbst irgendwo draußen im Freien war und nach größeren, langsameren Beutetieren suchte. Sie hasteten hinaus in den Haupteingangsbereich. Durch das große vordere Fenster sah man, dass erneut ein dünner Nebel über die offene Tundra draußen zog und ihnen teilweise die Sicht nahm. Aber Banks konnte genug erkennen, um zu wissen, dass die Zäune in einem breiten Bereich der Gehege umgerissen waren. Ein Mammut stand gemächlich Gras kauend am Rand des Rollfelds in der Nähe des Learjets. Und es sah aus, als würde eine ganze Elchherde vorbeiziehen in würdevollem Tempo und angeführt von einem Bullen mit riesigem Geweih. Sie verschwanden im Norden im Nebel. Man sah keine Spur von irgendwelchen Raubtieren, ob Wolf oder Löwe.

Oder verschissen riesige, rothaarige Gorillas.

Das machte alles irgendwie noch schlimmer statt besser. Banks hätte es bevorzugt, zu wissen, wo der Gegner war, statt die ganze Zeit unter Hochspannung zu stehen und sich zu fragen, woher ein Angriff kommen könnte.

Auf jeden Fall waren sie hier zu sehr auf dem Präsentierteller und ihm war zu deutlich bewusst, dass nur eine große Glasfläche zwischen ihnen und einem möglichen Angreifer stand. Er brauchte mehr Mauern um sie herum.

»Nach oben«, sagte er und folgte als Letzter, während sie hinauf zu den Gästezimmern gingen.

Der Essbereich sah genauso aus, wie sie ihn am Abend zuvor hinterlassen hatten. Hynd und McCally überprüften kurz alle Gästezimmer, bevor Hynd mit einem »Daumen hoch« zurückkam. Sie gingen alle nacheinander in das Zimmer, in dem Waterston in der vorherigen Nacht gewesen war, eine Suite, die sogar noch größer und üppiger ausgestattet war als das Zimmer, das man Banks zur Verfügung gestellt hatte.

»Haben Sie Ihr Handy, Professor?«, fragte Galloway.

Der ältere Mann nahm sein Handy heraus und eine lange Weile hörte man nur das Piepsen, während er Buttons drückte. Schließlich sah er vom Display hoch.

»Wir haben ein Signal, aber es ist schwach«, sagte er und gab Banks das Smartphone. »Und es gibt kein Handynetz, nur das Internet geht.«

»Das sollte genügen«, sagte Banks. Aber die nächsten paar Minuten waren frustrierend, während er erfolglos versuchte, einen Kontakt zur Basis herzustellen. Am Ende musste er auf Grundlegendes ausweichen. Er schickte eine E-Mail, die ihre Situation erläuterte, und fügte sämtliche E-Mail-Adressen ein, an die er sich erinnern konnte. Der Akku des Handys war auf weniger als ein Viertel gesunken, als er fertig war, also schaltete er es aus und steckte es ein.

»Ich behalte es erst mal«, sagte er und Waterston nickte zur Antwort. »Glück gehabt?«, fragte Hynd.

»Das werden wir wissen, wenn die eine E-Mail zurückschreiben«, erwiderte Banks. »Ich sehe in einer halben Stunde nach. In der Zwischenzeit schauen wir mal, ob wir irgendwo Kaffee kriegen. Und was zum Futtern in der Küche hinten zusammenschustern können. Wir könnten eine Weile hier sein. Nimm Wiggo mit. Dann baut er keinen Mist.«

Die Wissenschaftler waren um das große Panoramafenster versammelt, das hinaus aufs Rollfeld führte und auf die Tiergehege dahinter, aber sie genossen nicht die Aussicht, sondern waren in eine leise, aber hitzige Unterhaltung vertieft. Galloway schien besonders erregt, fast wütend, und Banks konnte sich ziemlich genau vorstellen, wieso. Er hörte Klappern und einen Fluch von hinten. Wiggo hatte zumindest die Küche gefunden. Er ging hinüber, um sich zu den Wissenschaftlern zu gesellen, während McCally die kleine Unterbrechung nutzte, um an der offenen Tür zu stehen und eine zu rauchen.

Banks wollte gerade Galloway eine Frage stellen, um herauszufinden, was er wusste oder nicht wusste, als er eine Bewegung draußen im Sumpfland wahrnahm. Er trat näher ans Fenster, um es sich genauer anzusehen, und bemerkte 20 der großen Elche, hauptsächlich Weibchen und Junge, die in vollem Tempo von links nach rechts durch sein Sichtfeld rannten. Die Ursache ihrer Flucht wurde Sekunden später offensichtlich, als vier Wölfe, die in weitem Abstand nebeneinander liefen, um eine große Fläche abzudecken, hinter den Elchen herrannten. Sie hielten das Tempo der Herde und hofften wohl, ein schwaches Tier zu erschöpfen. Banks hatte das schon einmal in Labrador gesehen mit Wölfen und Karibus, aber die gewaltige Größe der Tiere hier machte es besonders beeindruckend und er konnte den Blick nicht abwenden, selbst als die Prozession im dünnen Nebel zu seiner Rechten verschwand.

Direkt vor ihnen, nur ein Stück hinter dem Rollfeld, hatten sich mindestens 20 Mammuts in einer dichten Gruppe versammelt, alle im Kreis, nach außen gewandt. Die größeren Bullen bildeten mit ihren Stoßzähnen eine gezackte Barriere gegen jeden Angriff.

»Die Wölfe werden sie in Ruhe lassen«, sagte Galloway neben Banks. »Aber der große Löwe könnte es wagen, wenn er hungrig wird. Das wäre vielleicht ein Anblick, was?«

»Solange wir es von hier drinnen sehen«, entgegnete Banks. »Aber was ist mit Wiggos *verdammten rothaarigen Gorillas*? Wie würden die wohl jagen?«

»Das habe ich mich auch schon gefragt – besser gesagt, mir darüber Sorgen gemacht«, erwiderte der Wissenschaftler. »Wir wissen bereits, dass sie Fleischfresser sind.«

»Aye, das sind sie«, entgegnete Banks. »Aber was sind sie noch? Was zur Hölle hat Volkov in diesem Labor zusammengebraut?«

Hynd und Wiggins kamen mit zwei Kaffeetassen zurück und Banks nippte dankbar an dem starken bitteren Gebräu, während er auf Galloways Antwort wartete. Er antwortete mit wohlabgewogener und fester Stimme, aber Banks glaubte, mehr als nur eine Spur Angst in den Augen des jungen Wissenschaftlers zu sehen.

»Sie wissen sicher etwas über Neandertaler, wer tut das nicht? Aber die Linie der Hominiden enthält noch viele weiter entfernte – und einige sehr nahe – Verwandte, als die öffentliche Wahrnehmung erfasst hat. Von den sogenannten Hobbit-Menschen der malayischen Inseln bis zum Pekingmenschen und alle Arten von Größen und Formen dazwischen. Unser Familienstammbaum ist weit verzweigt mit vielen Ablegern. Und dann gibt es noch die Mythen und Legenden. Viele Kulturen auf der ganzen Welt berichten von ›haarigen Menschen‹. Wir haben den Sasquatch in Nordamerika, den Yowie in Australien, den Yeti in Tibet und sogar einen ›großen grauen Mann‹ im schottischen Hochland.«

»Und hier?«, fragte Banks. Waterston brachte sich mit einer Flasche Single Malt Scotch in die Unterhaltung ein und goss jedem einen Schuss in die Tasse. Nur dieses eine Mal lehnte Banks es nicht ab, auch wenn es ein Sakrileg war, solch guten Whisky mit solcher Geringschätzung zu behandeln. Er konzentrierte sich auf die Antwort von Galloway.

»Wie gesagt«, fuhr der Wissenschaftler fort, »in Tibet haben sie den Yeti. Hier im Norden von Russland haben sie den Alma, von dem schon lange berichtet wird. Die Erzählungen sind sehr ähnlich. Ein haariger Primat, der scheu ist, an Orten herumstreicht, die der Mensch nicht frequentiert, und wild werden kann, wenn er provoziert wird.«

Banks lachte bitter.

»Wild, so wie wenn man ihn seit seiner Geburt in einen Käfig im Dunkeln steckt? Die Art von wild?«

Galloway nickte.

»Primaten und Gefangenschaft waren schon immer eine gefährliche Mischung.«

»Also ist es eine Art rothaariger Yeti?«, fragte Banks. Galloway lächelte leicht.

»Wenn ich raten sollte, ja. Volkov hat Material von irgendwelchen Primaten gefunden und seinen Prozess darauf angewendet.«

»Wieso sollte er das tun?«

Galloway wedelte mit der Hand in Richtung des Panoramas hinter dem Fenster.

»Ihr Mann Wiggins hat es vielleicht richtig eingeschätzt, als wir hier angekommen sind. Große grasende Tiere sind ja schön und gut, aber die Raubtiere liefern das Spektakel, wenn man sie in Aktion sieht.« Banks erinnerte sich an seine eigene Reaktion nur Minuten zuvor, als er die Wölfe auf der Jagd gesehen hatte, und wusste, dass Galloway recht hatte. Der Russe hatte etwas Aufregendes gewollt, eine Show, die das Publikum umhauen würde. Banks konnte nur schätzen, wie viel der Auftritt eines Yetis auf dem freien Markt bringen würde – aber es war sicher nicht billig, so viel war ihm klar.

Er dachte immer noch darüber nach, als er sah, wie Galloway erneut durch das Fenster blickte.

»Achtung!«, schrie der Wissenschaftler. Banks nahm sich nicht die Zeit, nachzudenken. Seine Ausbildung übernahm die Kontrolle. Er duckte sich und rollte sich seitwärts vom offenen Fenster weg in Richtung einer Ecke des Raumes, die den meisten Schutz bot.

Sekunden später splitterte das Fenster mit der Gewalt einer Kanonenkugel nach innen.

12

Galloway und Waterston reagierten schnell genug und rannten in entgegengesetzte Richtungen zu beiden Seiten. Aber Smithson hatte mit dem Rücken zum Fenster gestanden und seinen Tod nicht einmal kommen sehen. Ein Felsen, so groß und ähnlich geformt wie ein Rugbyball, traf ihn zwischen den Schultern am Halsansatz und Banks hörte, wie sein Rückgrat mit dem Geräusch eines Peitschenschlags brach.

Der Wissenschaftler war tot, bevor er auf dem Boden aufschlug.

Der Schwung des Felsen wurde kaum gebremst. Er sauste weiter und knallte heftig gegen die hintere Wand des Raums, schlug dabei ein meterbreites Loch, bevor er mit einem lauten Knall auf dem Boden des Korridors dahinter landete.

»Verfluchte Scheiße, was ist das wieder?«, hörte Banks Wiggins irgendwo draußen sagen, aber in dem Moment hatte er schon seine Waffe von der Schulter genommen und bewegte sich auf das eingeschlagene Fenster zu. McCally war bereits neben ihm. Banks riskierte einen Blick aus dem Fenster. Eine große, haarige Gestalt stand draußen in der Tundra, ein gutes Stück hinter der Rollbahn.

Sie hatte annähernd menschliche Formen – dicker und stämmiger um Bauch und Hüften und mit längeren Armen. Mattes rotes Haar bedeckte einen Großteil seines Körpers und es war unterhalb der Hüfte länger, sodass es aussah, als hätte sie ein paar Wollhosen an. Offensichtlich hatte sie den Stein geworfen, denn sie hatte einen weiteren in der Hand, aber es schien zu weit entfernt, beinahe unmöglich weit, angesichts der Wucht, mit der der erste Stein den Raum getroffen hatte. Aber es sah so aus, als würden sie gleich den Beweis geliefert bekommen, denn die Kreatur nahm den Arm nach hinten und sah dabei mehr wie ein olympischer Diskuswerfer aus, als irgendeine Art Affe, und war bereit, die zweite Kanonenkugel abzufeuern. Banks feuerte drei schnelle Schüsse in ihre Richtung ab, aber er hatte es überstürzt und daneben gezielt. Sie stoppte jedoch den Wurf, denn beim Klang der Schüsse ließ das Biest den Stein fallen und schien verwirrt durch dieses neuartige Geräusch in seiner Umgebung.

»So ist gut, großer Junge«, flüsterte Banks, als er zielte. »Einfach eine Sekunde länger da stehen bleiben.«

Er bekam nicht die Zeit, die er brauchte – das Biest drehte sich um und rannte mit langen, weit ausholenden Schritten davon und war außer Reichweite, als McCally ihm auch noch drei Schüsse hinterher feuerte.

Dünner Nebel zog herauf und nahm ihnen die Sicht. Die Mammuts trompeteten laut im Grau irgendwo draußen im Sumpfland, der Alma reagierte mit einem Brüllen. Ein zweites Röhren, weit weg und gedämpft aus einer ähnlichen Kehle, erklang tiefer aus dem Nebel.

Es gibt mindestens zwei von den Bastarden.

»Behalte das Fenster im Auge, Cally. Und wenn du freies Schussfeld hast, schieß und warte nicht auf Befehle.« Er wandte sich wieder dem Raum zu. Hynd hatte sich über den gestürzten Wissenschaftler gebeugt, aber alle hatten gehört, wie sein Rückgrat gebrochen war, und gesehen, in welch schiefem Winkel der Kopf auf dem Hals saß. Hynd bestätigte nur, was sie bereits wussten, als er sich neben dem Körper erhob.

»Er ist tot, Cap. War es einer von den großen orangefarbenen Mistkerlen?«

»Aye«, erwiderte Banks. »Und es gibt mehr als einen von ihnen. Holt Wiggo, wo immer er auch steckt. Wir bleiben zusammen, und höchste Wachsamkeit ab jetzt. Ich will, dass du und Wiggo den Korridor bewachen. Cally und ich behalten das Fenster im Auge. Wir müssen hoffentlich nicht lange warten, bis die ein Rettungsteam schicken.«

Er ging hinüber zu Waterston und Galloway. Die beiden Wissenschaftler starrten auf die Leiche ihres Freundes und Banks sah, wie der Schock langsam einsetzte. Waterston hielt immer noch die Scotch-Flasche umklammert und Banks ließ beide einen großen Schluck direkt aus der Flasche machen, mehr um sie abzulenken als aus irgendeinem anderen Grund.

»Dieser Alma, den Sie erwähnten«, sagte er zu Galloway. »Wie groß werden die?«

Er musste zweimal fragen, um die Aufmerksamkeit des Mannes zu erregen.

»Sie sollten eigentlich normale Größe haben«, sagte der Wissenschaftler schließlich. »Anders als der Yeti haben die Geschichten nie erwähnt, dass sie Giganten wären.«

»Und doch war der da draußen vermutlich mindestens zweieinhalb Meter groß. Volkov hat die genauso manipuliert wie den Löwen und die Wölfe?«

»Sieht so aus.«

Hynd war drüben an der Tür. Er hatte den Felsen in beiden Händen. »Ich kann das Mistding kaum anheben. Wie hat er das geschafft, es bis hierher zu werfen?«

»Indem man ihn so mit Wachstumshormonen vollgepumpt hat, wie es nur ging«, sagte Galloway. »Und diese langen Arme, die wir gesehen haben, geben einen prima Hebel ab.«

Sich zu unterhalten hatten zumindest Galloway von dem toten Mann auf dem Boden abgelenkt, aber Waterston konnte immer noch nicht seinen Blick von der Leiche abwenden und trank weiter direkt aus der Flasche. Banks nahm sie ihm weg und erntete einen bösen Blick, aber keinen Widerspruch.

»Keinen Schnaps mehr«, sagte Banks und wandte sich an alle im Raum. »Nicht bevor wir nach Hause kommen, dann geht die erste Runde auf mich.« Er ließ den toten Mann von Hynd und Wiggins in einen anderen Raum bringen – Waterston hatte sich darauf fixiert und konnte nicht klar denken, wenn er immer noch in Sichtweite war.

Und diese Wissenschaftler müssen klar denken können. Sie könnten etwas wissen, was uns einen Vorteil verschafft.

Ein Blick auf seine Uhr verriet ihm, dass es an der Zeit war zu prüfen, ob es eine Antwort gab. Waterstons Handy hatte gefährlich wenig Akkuleistung übrig, aber es war genug, um die WLAN-Verbindung herzustellen und die E-Mail zu checken. Er hatte eine knappe Antwort bekommen.

PICK-UP VON EURER POSITION IN VIER STUNDEN AB JETZT.

Der Zeitstempel war von vor fünf Minuten. Sie mussten bis drei Uhr nachmittags überleben.

Er schloss sich McCally am Fenster an.

»Verstärkung ist unterwegs«, sagte er. »Vier Stunden. Geht da draußen irgendwas vor sich?«

»Alles ruhig, Cap. Ich glaube, wir haben ihm Angst gemacht.«

»Hoffen wir es. Entweder das oder die große Raubkatze hält es beschäftigt. Solange es draußen bleibt und Steine schmeißt, ist es nicht hier drin und richtet Unheil an, also sollten wir aufpassen, dass das so bleibt. Halte die Augen offen, ich löse dich in einer Stunde ab.«

McCally salutierte nachlässig und sah wieder hinaus auf die Tundra. Banks bemerkte, dass ihnen der Nebel weitgehend die Sicht raubte, und fragte sich, was im feuchten Grau hinter dem Rollfeld wohl vor sich gehen mochte, wo Tiere sich das erste Mal seit der letzten Eiszeit trafen. Es war schwer, sich diese Tiere nicht als Wiedergänger vorzustellen, man konnte sich kaum vorstellen, dass sie unten im Labor gezüchtet worden waren, denn sobald man sie erst einmal in ihrer natürlichen Umgebung sah, wirkte es, als sei dies der einzige Ort, wo sie je gewesen waren.

Abgesehen von diesen großen orangefarbenen Wichsern; die wirken gar nicht so, als würden sie hierhergehören.

Banks drehte sich weg und ging zurück, um sich wieder zu den Wissenschaftlern zu gesellen. Zumindest hatten sie fürs Erste den Whisky in Ruhe gelassen und waren dabei, einen Kaffee zu kochen.

»Vier Stunden und wir sind hier weg«, sagte er und Galloway brachte ein schmales Lächeln zustande.

»Nun, das sind die besten Neuigkeiten, die ich seit Langem gehört habe. Wie sieht der Plan aus?«

»Sich so lange wie möglich hier verschanzen, und wenn die Verstärkung kommt, verschwinden wir verdammt noch mal hier und kehren nach Hause zurück.«

»Und diese Viecher?«

»Das ist jetzt Ihre Sache. Ich nehme an, man muss sie zusammentreiben und keulen, aber das hab ich nicht zu entscheiden.«

»Nein«, sagte der ältere Mann, Waterston, grimmig. »Das werde ich tun. Oder besser gesagt meine Vorgesetzten. Fürs Erste hört sich ›ab nach Hause‹ wie eine sehr gute Idee an.«

13

Eine Weile schien es so, als habe McCally recht gehabt und sie hatten dem Alma Angst eingejagt, denn es war ruhig, fast totenstill, und der Nebel dämpfte alle Geräusche, abgesehen vom gelegentlichen Trompeten eines Mammutbullen. Der Geruch von Zigarettenrauch waberte aus dem Korridor herein und wurde von dem leisen Murmeln von Hynd und Wiggins begleitet, die sich fast gemütlich unterhielten. Die Wissenschaftler Waterston und Galloway saßen an einem Tisch und unterhielten sich ebenfalls, hitzig, aber mit gedämpfter Stimme. Banks nahm an, sie bereiteten ihre Story für ihre Vorgesetzten zu Hause vor – er würde seine eigene für den Colonel in Lossiemouth haben, wenn sie zurückkehrten.

Die erste Stunde verstrich auf diese Weise mehr oder weniger ruhig, aber die Ruhe dauerte nicht an.

Sie wurde vom Lärm splitternden Glases von draußen unterbrochen.

»Cally?«, fragte Banks. Der Corporal schüttelte den Kopf.

»Vorne ist nichts, Cap«, sagte er. »Hört sich an, als käme es irgendwo von hinten.«

Banks durchquerte schnell den Raum, ging in den Korridor und in den Raum auf der anderen Seite. Er ignorierte die toten Wissenschaftler auf dem Bett und ging direkt hinüber zum Fenster, das eine Aussicht auf die hohen Kuppeln des Komplexes bot. Er kam gerade rechtzeitig, um einen Felsen in hohem Bogen aus dem Nebel segeln und durch die hohe Kuppel des Vogelhauses schmettern zu sehen. Das Geräusch des Aufschlags war sogar durch das Fenster zu hören – wie die hohen Schreie des Almas.

Es hörte sich an wie Triumphgeschrei oder sogar wie Gelächter.

Zwei weitere Schläge waren zu hören, schnell nacheinander, als er zurück in den anderen Raum ging.

»Sie werfen Steine auf die Glaskuppeln«, sagte er, »wie ein paar verdammte Kinder.«

»Vielleicht ist das genau das, was sie sind«, sagte Galloway leise.

»Vielleicht wissen sie es nicht besser.«

»Aye«, erwiderte Banks, »das wäre ja okay. Aber es ist nicht meine Aufgabe, ihnen Manieren beizubringen. Die werden es kaum zulassen, dass ich ihnen den Hintern versohle. Solange sie sich mit den Kuppeln amüsieren und uns in Ruhe lassen, können sie sich von mir aus einfach weiter einen Spaß machen.«

»Cap?«, meinte McCally fragend vom Fenster, »da ist noch etwas anderes.«

Banks trat wieder ans Fenster. Der Nebel hatte sich verzogen und all die Gehege hinter dem Rollfeld freigegeben. Wenige hundert Meter entfernt fraß der Höhlenlöwe am Kadaver eines toten Elchs. Vier Wölfe umrundeten ihn vorsichtig, aber jedes Mal, wenn einer zu nahe kam, ließ der Löwe ein widerwilliges Brüllen hören und die Wölfe zogen sich zurück.

»Sie haben eine Mahlzeit erjagt und der Löwe hat sie gestohlen«, sagte Galloway neben ihm. »Ziemlich typisches Verhalten.«

Einer der Wölfe wagte sein Glück und versuchte, nach vorne zu schleichen. Der Löwe röhrte und stand auf, ließ die kleineren Wölfe seine schiere massige Größe sehen. Es beeindruckte das Rudel genügend, dass es sich zurückzog. Aber etwas anderes ließ sich nicht abschrecken. Ein Felsen flog in hohem Bogen irgendwo von links heran und landete direkt neben dem Löwen. Ein zweiter folgte, flacher und schneller, und traf das riesige Tier in die Flanke. Es floh mit einem schmerzerfüllten Wimmern und trieb die Wölfe auseinander, die ebenfalls die Flucht ergriffen, als die beiden Almas auf den Elchkadaver zuliefen und sich hinabbeugten, um zu fressen.

Jetzt, wo er die beiden zusammen sah, bemerkte Banks, dass eines der beiden kleiner als das andere war, etwa 30 Zentimeter, und eine hellere Farbe hatte, ein rötlicheres Braun.

»Jeweils eines«, sagte Galloway. »Der verrückte Bastard hat gehofft, dass sie sich paaren.«

Banks musste nicht fragen, welchen verrückten Bastard er meinte. Er sah zu, wie die Biester Fleisch von den Kadavern rissen und mit Mündern hinunterschlangen, die aussahen, als wären zu viele Zähne darin. In diesem Moment sahen sie weniger menschlich aus und mehr wie Affen, aber dieser Eindruck änderte sich in einem Augenblick, als der Löwe, tief auf den Boden gekauert, vorwärts schlich, in der Absicht, den Kadaver zurückzuerobern. Der größere der Almas bewegte sich in einer flüssigen Bewegung, wie ein Feldspieler, der einen Ball aufhebt, bückte sich, nahm einen Felsen und warf ihn mit Schwung durch eine Bewegung des Unterarms. Der Felsen flog flach und zielgenau und traf den Löwen an der rechten Schulter.

Die große Raubkatze floh ohne einen Ton – aber nicht schnell und mit einem merklichen Humpeln.

Die Almas sahen hinterher, um sicherzugehen, dass sämtliche Streitlust den Löwen verlassen hatte, dann machten sie sich wieder ans Fressen.

Auf der rechten Seite von Banks aus standen die Mammuts, die immer noch ihren Abwehrkreis bildeten und wachsam waren. Ein ganzes Stück entfernt auf der linken Seite unter den Klippen in der Ferne konnte er gerade so ein Dutzend dunkler gefärbter, fassförmiger Tiere sehen – die Wollnashörner, die sich von dem Konflikt fernhielten. Es gab keine Spur eines anderen Elchs, abgesehen von dem toten, über den sich die Almas gebeugt hatten.

Eine Bewegung erregte seine Aufmerksamkeit und er sah nach oben. Die sechs riesigen Donnervögel kreisten in einem warmen Aufwind hunderte von Metern über der Tundra spiralförmig um das, was sie für eine leichte Mahlzeit hielten, wenn die Almas erst einmal mit ihrem Festmahl fertig waren.

»Die ganze Bande ist versammelt. Zahn und Klaue rot vom Blut«, murmelte er. »Und Schnabel und Kralle«, fügte Galloway hinzu und folgte Banks' Blick. »Der verrückte Russe hat schließlich doch noch sein Spektakel gekriegt, auch wenn er nicht lange genug lebte, um es zu sehen.«

»Ich kann den großen erledigen, jetzt sofort«, sagte McCally. Er hatte die Waffe gehoben und zielte auf die Stelle, an der die Bestien fraßen.

»Lass es«, entgegnete Banks. »Es ist zu weit entfernt, und wenn du es nur verwundest, dann wird es bloß wütend. Lass sie fressen. Dann sind sie vielleicht etwas langsamer.«

Er tätschelte McCally den Arm.

»Wo wir gerade vom Fressen reden – wird Zeit, dass wir auch was essen. Ich löse dich hier ab – geh mal und schau, was du in der Küche so auftreiben kannst. Bei der Aufregung haben wir das vorhin ganz vergessen. Da muss noch Brot, Käse und Wurst irgendwo sein. Nur keinen Kaviar – und definitiv keinen Wodka.«

Galloway und Waterston blieben neben Banks und alle drei sahen zu, wie die Almas draußen in der Tundra fraßen.

»Wisst ihr, das hätte wunderbar werden können«, sagte Waterston.

»Wenn er nur sein Ego unter Kontrolle gehabt hätte.«

»Aye. Sieht so aus, als hätten nur sein Ego, die zweifelhafte Verwendung von Genmaterial, der übermäßige Hormoneinsatz, das Klonen von riesigen haarigen, orangefarbenen Mistviechern und eine erbärmliche Security dazu geführt, dass es kein riesiger Erfolg wurde«, sagte

Banks lakonisch. »Das und die Tatsache, dass er sich hat fressen lassen, natürlich.«

Galloway hatte den Mund voll Kaffee und spuckte ihn fast aus beim Versuch, nicht zu lachen.

»Ich glaube, da werde ich Sie in meinem Bericht zitieren.«

»Nur zu«, entgegnete Banks. »Das werde ich meinem Colonel genauso sagen.«

»Wenn wir hier rauskommen«, fragte Waterston, »haben wir dann Platz, Smithson mitzunehmen?«

»Wir lassen keinen Mann zurück, wenn es sich vermeiden lässt«, sagte Banks. »Ihr Mann ist auch unser Mann. Wir schaffen ihn nach Hause.«

Als er an diese Tatsache erinnert wurde, brachte ihn das dazu, über die Logistik nachzudenken. Ihre Ausrüstung war immer noch im Rumpf des Learjets und sie hatten einen toten Mann, den sie auf das Rollfeld bringen mussten. Gleichzeitig würden sie sich gegen einen Angriff wappnen müssen, ob er aus geworfenen Steinen oder einem Rudel Wölfe bestand. Er dachte immer noch darüber nach, als McCally mit einem Tablett voller Brot und kaltem Aufschnitt zurückkam. Er ließ die anderen essen, während er am Fenster Wache stand. Zuerst war er noch mit der Logistik beschäftigt, alles sicher auf die Rollbahn zu kriegen, also brauchte er einige Sekunden, bis ihm auffiel, dass etwas in der Szenerie draußen fehlte.

Die Almas hockten immer noch auf dem Boden neben dem Elchkadaver, die Mammuts standen immer noch im Kreis und die Nashörner waren immer noch weit entfernt auf der Ebene unter den grauen Klippen. Der Löwe schlich in etwa hundert Meter Entfernung um einen dunklen See und leckte sich die Wunden; die Wölfe waren nirgends zu sehen.

14

»Sarge«, rief er. »Alles klar da draußen? Ich sehe das Wolfsrudel nicht mehr.«

»Alles in Ordnung, Cap«, rief Hynd zurück. »Ich kann mal durch den Essbereich zum großen Fenster gehen und einen Blick nach draußen werfen, wenn du willst.«

»Mach das. Wiggo soll dir den Rücken decken – und keine Heldentaten. Ich stelle sicher, dass die großen orangefarbenen Mistviecher keine Steine nach euch werfen.«

»Sehr gut«, rief Hynd zurück, dann wurde alles still. Banks tat, was er versprochen hatte, und behielt die Almas im Blick, aber die widmeten sich ganz ihrem Mahl. Der Löwe war wieder unterwegs, aber entfernte sich von dem Komplex, statt näherzukommen, jedoch nicht weit genug, dass die Mammuts ihren Verteidigungskreis verlassen hätten.

McCally kam mit einem Teller von Brot und Aufschnitt herüber. Banks roch das stark geräucherte Fleisch, bevor er sich umdrehte.

Und wenn ich das riechen kann, dann kann es das Rudel auch.

»Sarge? Schon was entdeckt?«, rief er.

»Keine Spur von den großen Hunden, wenn du das meinst?«, rief Hynd zurück.

»Okay. Zurück in den Korridor. Wenn meine Ahnung stimmt, dann werden wir bald ein paar Besucher haben.«

McCally zog eine Augenbraue hoch, während Banks ein einfaches Sandwich zubereitete. Banks kaute das trockene Brot und schluckte es, bevor er etwas sagte.

»Wenn ich etwas über Hunde weiß – egal welche Hunde – dann ist es, dass sie Essen aus einer Meile Entfernung riechen können. Die werden denken, dass es hier ein einfacheres Mahl gibt, als wenn sie versuchen, den Elch von den Biestern da draußen zurückzustehlen. Die sind hier irgendwo und schnüffeln herum. Da verwette ich meine Pension drauf.«

»Alle fünf?«, sagte McCally mit einem Grinsen. »Dann passe ich besser auf.«

»Behalte das Fenster im Auge«, wies Banks den Corporal an. »Ich bin draußen im Korridor beim Sarge und Wiggo. Schrei, wenn die haarigen orangefarbenen

Mistviecher irgendwas machen oder wenn du das Wolfsrudel siehst. Aber wenn die Schießerei losgeht, stößt du zu uns und hilfst uns – wir werden eine Menge Feuerkraft brauchen, um alle vier zu erledigen, wenn sie alle auf einmal kommen.«

Er kaute immer noch an dem faden Brot und zu trockenen Fleisch, während er in den Korridor ging. Hynd und Wiggins standen direkt vor der Tür und beobachteten die Zugänge. Hynd sah in Richtung des offenen Bereichs Richtung Esszimmer, während Wiggins die Tür auf der anderen Seite des Korridors im Auge behielt.

»Wohin führt die?«, fragte Banks.

»Hintertreppe, runter zu einem großen Gefrierschrank und der Speisekammer für die Küche«, entgegnete Wiggins. »Wenn diese Mistviecher nicht auch Türgriffe bedienen können, dann kommen sie nicht aus der Richtung.«

»Bei den großen haarigen Viechern würde ich das nicht so ganz ausschließen, also halte die Augen offen.«

Er drehte sich zu Hynd. Der Sarge sah durch das leere Esszimmer zum hinteren Fenster raus, wo wieder einmal dünner Nebel vorbeizog und die Sicht verdeckte.

»Vielleicht sollten wir die ganze Ausrüstung aus dem Flugzeug holen?«, sagte er, aber Banks schüttelte den Kopf.

»Ich will nicht länger da draußen im Freien herumlaufen, als es unbedingt sein muss. Wir holen sie, wenn die Verstärkung da ist.«

»Was glaubst du? Transportflugzeug oder Hubschrauber?«

»Kommt wohl drauf an, was verfügbar ist, vermute ich. Und wir werden es erst wissen, wenn wir sie kommen hören. Also sperrt die Ohren auf und hört genau hin.«

Irgendetwas wurde unten im Empfangsbereich verschoben und die beiden Männer sahen sich an.

»Erinnere mich daran, dass ich nie wieder gegen eine deiner Ahnungen wette, Cap«, sagte Hynd, als das Geräusch erneut zu hören war. Banks glaubte zu wissen, was es war – die Beine eines Stuhls, der über einen polierten Fußboden geschoben wurde.

»Nur schießen, wenn es nicht anders geht«, flüsterte Banks. »Ich will diese großen orangefarbenen Wichser nicht daran erinnern, dass wir immer noch hier sind.«

Er winkte Hynd, ihm zu folgen, und hastete durch das Stockwerk Richtung Treppe, die zum Rezeptionsbereich führte. Banks war als Erster oben an der Treppe und sah hinab. Zwanzig Stufen weiter unten saß der große männliche Wolf auf den Hinterbeinen am Fuß der Treppe und starrte zu ihnen hoch.

Ohne den Vorteil eines Käfigs zwischen ihnen fühlte sich Banks noch mehr wie Beute unter den Augen eines Raubtiers und musste den plötzlichen Drang zu fliehen niederkämpfen.

»Braves Hündchen«, sagte Hynd neben ihm und Banks musste ein Lachen unterdrücken. Das Starren des Wolfs war zu direkt, um es zu ignorieren, auch wenn das Biest gleichzeitig völlig entspannt wirkte, aufmerksam darauf wartend, was wohl passieren würde.

Banks hob die Waffe und richtete sie auf den Kopf des Wolfs, aber das bewirkte keine Reaktion.

Er weiß nicht, wofür ein Gewehr da ist.

Er war versucht – mehr als versucht – zu schießen, aber erinnerte sich an seine Warnung an Hynd nur Minuten vorher. Jeder Gewinn, den sie davon hatten, dass sie dieses Biest töteten, musste gegen das Wissen abgewogen werden, dass es die Almas alarmieren würde, und die wären vermutlich sehr viel schwerer zu erledigen.

Er machte einen Schritt vorwärts eine Stufe die Treppe hinab.

»Cap?«, fragte Hynd.

»Gib mir einfach Deckung«, entgegnete Banks. »Ich habe noch eine weitere Ahnung.«

Er tat einen weiteren Schritt. Der Wolf gähnte, zeigte dabei die Zähne und eine fleischige, feuchte Zunge.

Irgendwo unten in der Rezeption hörte man ein weiteres Mal das Kratzen eines Stuhls auf dem Boden.

Das Rudel ist auch da und wartet, was passiert.

Banks wendete den Blick nicht von den Augen des Wolfes und machte einen dritten Schritt. Der Wolf stand auf und lief davon, bis er außer Sicht war. Banks stellte sich auf die dritte Stufe von oben und lauschte, aber man hörte nichts mehr von unten aus dem Rezeptionsbereich und sein Instinkt, der heute anscheinend zu Höchstleistungen fähig war, sagte ihm, dass sie erneut alleine in dem Gebäude waren.

Ich habe seinen Bluff aufgedeckt.

»Verflucht, Cap«, sagte Hynd hinter ihm.

»Tu mir das nicht noch mal an. Ich hab mich fast eingepisst.«

Banks sah nach unten zum Fuß der Treppe. Der Wolf hatte ihnen ein Andenken hinterlassen, eine Pfütze gelblicher Flüssigkeit.

»Ich glaube, das hat er schon für dich gemacht«, erwiderte Banks.

Wiggins wartete auf sie in dem Korridor zu den anderen Räumen. »Irgendwas gesehen?«, fragte er.

»Aye«, antwortete Hynd. »Die Eier von dem Köter. Riesengroß und haarig.«

»Genau, wie es deine Frau gerne mag«, erwiderte Wiggins und alle drei lachten. Nichtsdestotrotz lag eine gewisse Anspannung in der Luft und der Humor, wenn auch willkommen, wirkte leicht gezwungen und unnatürlich. Offenbar hatte auch Wiggins das bemerkt, denn er verstummte und wurde ernst.

»Die beiden Eierköpfe werden langsam unruhig, Cap«, sagte er. »Die sind ziemlich durch den Wind, weil sie gesehen haben, wie ihr Freund starb. Auf die sollten wir ein Auge haben, wenn es hart auf hart geht.«

»Ich löse Cally am Fenster ab und behalte sie selbst im Auge. Raucht eine, wenn ihr noch eine habt, Leute. Alles, was wir tun müssen, ist, noch ein paar Stunden durchhalten, bei klarem Verstand bleiben und diesen großen rothaarigen Mistviechern aus dem Weg gehen. Wenn alles nach Plan läuft, sind wir morgen zum Frühstück wieder in Lossiemouth.«

»Wir haben einen Plan?«, fragte Wiggins und grinste. »Ich dachte, wir improvisieren den Scheiß einfach.«

Banks ging zurück in den Raum und löste McCally am Fenster ab. »Irgendwas vorgefallen?«, fragte er.

Der Corporal schüttelte den Kopf.

»Das Letzte, was ich gesehen habe, bevor der Nebel wieder aufzog, waren die beiden haarigen Gestalten, die immer noch den Elch gefressen haben. Aber abgesehen davon war alles ruhig.«

»Hoffen wir, dass es so bleibt, was?«

Der Corporal hatte schon eine Schachtel Zigaretten aus der Brusttasche geholt, während er in den Korridor ging. Banks stand am Fenster, aber der Corporal hatte recht gehabt – man konnte nichts sehen als eine langsam dahinziehende graue Wand.

Galloway kam herüber und gesellte sich am Fenster zu ihm. Der Mann hielt die Knochenflöte in der Hand, die er in der Höhle gefunden hatte.

»Captain Banks? Kann ich Sie etwas fragen? Da ist etwas, was keinen Sinn ergibt.«

»Noch etwas anderes, meinen Sie?«

Der Mann nickte und hielt die Flöte hoch.

»Ich habe mich gefragt, woher frisch geklonte Urmenschen gelernt haben, so etwas anzufertigen.«

Banks nahm den Knochen und sah ihn sich zum ersten Mal genauer an. Der Windkanal, durch den man blies, war fein geschnitzt und die Fingerlöcher geglättet, um sie besser greifen zu können.

»Die Löcher sind genau im richtigen Abstand, um einen optimalen Tonumfang zu haben«, sagte Galloway. »Wie gesagt, ich habe das schon einmal gesehen. Die Methode wird in Kulturen, in denen Flöten verbreitet sind, von den Alten an die Jungen weitergegeben. Aber was nicht passiert – was niemals passiert – ist, dass Neugeborene mit der Fähigkeit auf die Welt kommen, so etwas anzufertigen. Es wird erlernt und ist nicht angeboren.«

Banks wurde langsam klar, worauf der Mann hinauswollte.

»Und ich nehme an, das trifft auch auf die Wandgemälde zu?«

Galloway nickte.

»So weit dazu. Und dann wäre da noch die Tatsache, dass diese Biester älter sind, als sie sein sollten.«

»Sie hatten doch etwas über Wachstumshormone gesagt.«

»Das macht sie größer. Ich meine, sie sind älter an Jahren, als sie sein sollten. Wir wissen, dass Volkov erst seit einem Jahrzehnt hier gearbeitet hat. Aber ich nehme an, das Alma-Pärchen, das wir gesehen haben, ist mindestens im Teenageralter, wenn nicht älter.«

»Was wollen Sie damit sagen?«

»Ich sage – vermute –, dass Volkov diese Dinger nicht gezüchtet hat. Er hat sie gefunden.«

»Sie waren bereits hier?«

Galloway nickte.

»Ja. Und deswegen frage ich mich, wie viele es noch davon gibt. Und wo sie sind.«

»Inwiefern hilft uns diese neue Information?«, fragte Banks.

»Ich bin mir noch nicht sicher«, sagte Galloway. »Aber es ist eine weitere Unbekannte in einer Gleichung, die schon zu viele davon hat.«

»Das würde ich auch so sehen«, sagte Banks. »Was meinen Sie zu diesen Überlegungen, Prof?«

Der ältere Wissenschaftler hatte während der Diskussion mit gesenktem Kopf auf dem Bett gesessen. Als er aufblickte, bemerkte Banks, dass der Mann geweint hatte.

»Ich will einfach nur nach Hause«, sagte Waterston. »Aber Galloways Theorie ist fundiert und passt zu den Fakten – außerdem zu Volkovs überbordendem Ehrgeiz. Aber wie Ihnen ist mir ebenfalls nicht klar, inwiefern sich dadurch irgendetwas ändert.«

»Wir setzen es einfach auf die große Liste an Dingen, die wir noch klären müssen, bevor das Aufräumteam hier ist«, entgegnete Banks. »Das ist ein Job, für den ich mich nicht freiwillig melden werde.«

McCally kam von seiner Rauchpause zurück und hatte frischen Kaffee dabei. Er stellte sich neben Banks ans Fenster, während sie beide ihren Kaffee tranken.

»Werden die bei dem Nebel denn landen können?«, fragte der Corporal. »Der Jet hat es gestern prima hingekriegt«, antwortete Banks. »Und du hast ja gesehen, dass er aufzieht und wieder verschwindet. Ich mache mir mehr Sorgen über die Viecher als über den Nebel.«

»Im Moment scheint alles ruhig, Cap.«

»Aye. Das ist es ja, was mir Sorgen macht.«

Er dachte über das kalte, durchdringende Starren des Wolfs nach und wie es sich angefühlt hatte, als Beute angesehen zu werden. Es war kein Gefühl, das er noch einmal verspüren wollte. Um sich abzulenken, erzählte er McCally Galloways Theorie.

»Das rothaarige Pelzknäuel ist also hier aus der Gegend?«

»Das waren seine Worte. Und es gibt vermutlich noch mehr von denen, angesichts der Tatsache, dass die beiden, die wir gesehen haben, noch Kinder sind.«

»Verfluchter Mist. Wenn das die Kinder sind, dann will ich ihre Mami lieber nicht kennenlernen.«

»Aye. Hoffen wir mal, dass die verschwunden sind, bevor ihre Mama sie zum Essen ruft.«

Wie zur Antwort hörte man ein hohes Heulen, das durch den Nebel schallte. Zuerst dachte Banks, es waren wieder die Mammuts, aber es klang schriller und beinahe wie ein Schrei. Eine Sekunde später stimmte eine zweite Stimme mit ein und er wusste, dass es der Alma war, der über die Tundra rief. Ihre Stimmen wurden schriller und vereinten sich zu einem einzigen Klang, der endlos anzudauern schien. Von irgendwo auf der rechten Seite, am anderen Ende des Rollfelds, fiel der große Wolf mit ein, zuerst alleine, dann vom Rest des Rudels begleitet. Banks hatte früher schon einmal Wolfsgeheul gehört, während des Nordlichts unter arktischem Nachthimmel in Kanada. Dort hatte es magisch geklungen und wie aus einer anderen Welt, aber hier lief es ihm dabei kalt den Rücken hinab, als der Chor lauter und lauter wurde, bis die schrillsten Töne ihm wie ein Speer durch den Kopf zu dringen schienen.

Erneut kam er sich wie Beute vor.

15

Trotz Banks' finsterer Vorahnungen vergingen die nächsten paar Stunden, ohne dass etwas passierte. Der Mammutbulle trompetete alle fünf Minuten, so regelmäßig, dass man seine Uhr danach hätte stellen können, und der Nebel wurde mal stärker und verzog sich dann wieder. Die Mammuts blieben in ihrem Verteidigungskreis, die Wollnashörner waren immer noch weit entfernt in der Tundra unter den aufragenden Felsklippen und man sah keine Spur eines Löwen, Wolfs, Almas oder von der Elchherde. Banks hoffte, dass irgendwo eine wilde Jagd vor sich ging, irgendwo weit genug entfernt, sodass alle noch eine Weile beschäftigt waren.

Er ließ das Squad die meiste Zeit rauchend im Korridor draußen verbringen. Er traute Hynd zu, die beiden jüngeren Männer auf Spur zu halten und sicherzustellen, dass sie wachsam blieben. Banks blieb am Fenster mit Aussicht auf die Tundra und beobachtete hauptsächlich die großen Vögel, die nun den Elchkadaver für sich beanspruchten und ihn sauber abnagten. Die Mammuts hatten unterdessen ihre Verteidigungshaltung ein wenig aufgebrochen und grasten ein Stück weiter weg, aber das große Männchen hielt den Kopf oben und die Augen offen – Banks war nicht der Einzige, der wachsam blieb.

Er wusste, dass die Verstärkung ankam, noch bevor er sie hörte, denn der Mammutbulle hob rasch den Kopf, als wäre er von einem plötzlichen Geräusch alarmiert worden. Sekunden später hörte es Banks selbst, das ersehnte Dröhnen eines herannahenden Flugzeugs. Und es schien, als würde ihre Glückssträhne anhalten, denn man sah keine Spur von Nebel, der die Landung verkomplizieren könnte.

»Okay, Jungs, wir hauen ab«, rief er.

Die Wissenschaftler blickten auf, als sie das Geräusch des sich nähernden Flugzeugs hörten. Galloway ergriff als Erster das Wort.

»Bringen Sie uns einfach sicher an Bord«, sagte er. »Und wir stehen für immer in Ihrer Schuld.«

McCally und Wiggins hatten die undankbare Aufgabe, den toten Wissenschaftler auf dem Weg nach unten zu tragen, während Banks und Hynd vorangingen. Banks rechnete fast damit, den Wolf am Fuß der Treppe zu sehen, der auf sie wartete, aber der Eingangsbereich war leer, und bis sie zum Haupteingang kamen, konnte man das Röhren des sich nähernden Flugzeugs das Rollfeld entlangschallen hören.

Banks sah Richtung Westen, wo die dickbauchige Transportmaschine zum Landeanflug ansetzte. Gleichzeitig registrierte er aus dem Augenwinkel eine flatternde Bewegung; die Donnervögel, die durch diesen Neuankömmling von ihrem Mahl aufgeschreckt wurden und sich in die Luft erhoben. Doch sie dachten nicht daran, zu fliehen. Sie erhoben sich tollpatschig in die Luft, aber innerhalb von Sekunden segelten sie über den Komplex und setzten dann zu kontrollierten Sturzflügen an, alle sechs in einer Keilformation mit dem größten vorneweg direkt auf das sich nähernde Flugzeug zu.

Sie versuchen, es zu verjagen. Sie glauben, es ist ein größerer Vogel.

»Hochziehen, hochziehen!«, schrie Galloway und Banks hoffte um alles in der Welt, dass die Piloten die Geistesgegenwart hatten, es zu bemerken. Zuerst dachte er, sie versuchten, dennoch Kurs zu halten, aber dann hob sich die Nase des Flugzeugs langsam und die Maschine stieg.

Doch es war zu spät.

Die Donnervögel passten ihren Anflug an, und der große, der an der Spitze flog und den Angriff führte, traf das Pilotenfenster mit voller Wucht. Alles schien sich zu verlangsamen. Banks wusste mit flauem Gefühl im Magen, dass alles aus war, noch bevor das Flugzeug hart nach links zog. Es entfernte sich im Sturzflug vom Rollfeld und schoss mit der Nase voran in die Tundra, zerbarst in drei Teile, bevor der Treibstoff sich mit einem Donnerschlag entzündete, der durch das gesamte Tal hallte und von einem Trompeten des Mammutbullen beantwortet wurde.

Wiggins trat auf das Rollfeld, als habe er vor, auf das brennende Wrack zuzurennen, um nach Überlebenden zu suchen. Banks rief ihn zurück.

»Für die kommt jede Hilfe zu spät, Wiggo. Das weißt du. Die sind so tot wie der hier.«

Die Leiche des toten Wissenschaftlers lag zu ihren Füßen, wo Wiggins und McCally ihn liegen gelassen hatten.

»Was machen wir jetzt?«, fragte Waterston.

»Ich wär' dafür zu starten und das ganze Gelände von oben mit Nuklearwaffen zu bombardieren«, entgegnete Wiggins. »Ist die einzige Lösung, die absolut sicher ist.«

»Das hilft nicht wirklich weiter, Wiggo«, sagte Hynd und wandte sich an Banks.

»Es wird bald dunkel, Cap«, sagte er.

»Aye. Und es wird eine Weile dauern, bis uns jemand vermisst. Wir müssen einen sicheren Ort finden, wo wir eine Weile ausharren können.«

»Der Learjet? Wir könnten uns dort verschanzen.«

»Nein. Die Tür würde einer entschlossenen Attacke nicht lange standhalten. Ich hatte mehr daran gedacht, etwas Felsen zwischen uns und die großen Viecher zu bringen.«

»Die Höhlen hinten?«

»Aye. Der Gestank ist schlimm. Aber sie sind massiv, es gibt nur einen Eingang und man kann sich verteidigen.«

»Und die Almas kennen sich dort aus«, sagte Galloway leise und betrachtete immer noch den Rauch, der vom Wrack des abgestürzten Flugzeugs aufstieg.

»Ich bin nicht sicher, ob das ein guter Plan ist«, erwiderte Banks.

Eine schwarze Rauchwolke stieg vom Absturzort auf. Vier Donnervögel kreisten in dem künstlichen Aufwind und stießen eine Art Triumphkreischen aus, das im Tal widerhallte, während sie von ihrem Kill aufstiegen.

Wiggins und McCally beugten sich zu dem toten Mann herab, aber Banks hielt sie auf.

»Der Sarge und ich nehmen ihn. Ihr beiden plündert oben, was ihr finden könnt. Wasser vor allem, den Rest könnt ihr euch denken; so viel ihr tragen könnt, ohne es zu verlieren. Und macht schnell. Wir geben euch Deckung von der Rezeption und dann so schnell wie möglich geschlossen durch den Komplex. Treffen wieder hier in drei Minuten. Bleibt am Leben.« Die beiden jüngeren Männer rannten davon. Als Banks sich zur Leiche hinabbeugen wollte, überraschten ihn Galloway und Waterston.

»Sie sollten lieber auf uns aufpassen«, sagte Galloway. »Und er ist unser Mann. Wir kümmern uns um ihn, wenn Sie auf uns aufpassen.« Waterston sah aus, als hätte er Probleme mit dem Gewicht, aber beide zusammen schafften es, den Toten mit einem Feuerwehrmanngriff über Galloways Schultern zu legen.

»Gehen Sie voraus«, sagte der Mann. Die Anstrengung stand ihm ins Gesicht geschrieben, aber als Banks sie zurück in den Komplex führte, folgte ihm Galloway im selben Tempo. Waterston war hinter ihm und versuchte, so viel des Gewichts des Toten zu tragen, wie er konnte.

»Sarge, behalte die Tür im Auge. Und sobald Cally und Wiggo zurück sind, machen wir so schnell wie möglich.

Wenn irgendwas uns aufhalten will, dann erledigt es, und zwar schnell.« Er stand am Fuß der Treppe, passte auf, nicht auf die Stelle zu treten, wo der Wolf sein Revier markiert hatte, und hielt Wache. Er hörte McCally und Wiggins irgendwo über sich herumscheppern, dann schwere Schritte, als sie den Rückweg antraten. Als der Corporal und der Soldat oben an der Treppe erschienen, atmete er erleichtert auf. Wiggins trug zwei volle Zehnliterkanister mit Wasser, während McCallys Splitterschutzweste ziemlich ausgebeult war. Er hatte so viel Essen in die Taschen und Beutel gesteckt, dass es aussah, als wäre er in den letzten drei Minuten schwanger geworden.

Sobald sie alle am Fuß der Treppe versammelt waren, führte Banks sie hinaus. Er ging voran, Hynd übernahm die Nachhut und der Rest bewegte sich, so schnell sie mit dem Gewicht, das sie jeweils trugen, konnten.

Als sie an der Haupttür ankamen, die in den Bereich unter den Glaskuppeln führte, zögert Banks nicht. Er schob die Tür auf und trat hindurch, hielt sie offen, damit der Rest durchgehen konnte, bevor er sie mit einem lauten Knall hinter sich zufallen ließ.

Der »Zoo« war ruhig und leblos. Von den Schneehasen war keine Spur zu sehen und das Gehege des Löwen sah leer aus.

Aber es hatte auch das erste Mal leer ausgesehen, als sie hier gewesen waren.

Seine Erinnerung an den Löwen, der aus dem Versteck gesprungen war, war noch zu lebhaft, als dass er so nahe am Käfig nachlässig sein wollte. Er beäugte ihn misstrauisch, während er die Gruppe daran vorbeiführte und nach irgendeinem Anzeichen suchte, dass die große Katze erneut hinter dem Blattwerk versteckt war und auf ihren großen Moment wartete.

Er war so damit beschäftigt, den Käfig zu beobachten, dass er fast vor Überraschung aufgesprungen wäre, als etwas an seinen Beinen vorbeihuschte. Einer der weißen Schneehasen saß zu seinen Füßen und sah zu ihm auf. Beide waren gleichermaßen überrascht und keiner bewegte sich zwei Atemzüge lang, bis der Hase einen Fuß auf den Betonboden schlug, als wäre er empört, und dann davonhoppelte, weiter in die Anlage hinein. Banks sah ihm hinterher, dann traf ihn die Erkenntnis: Wenn die Hasen aus ihrem Gehege herauskamen und in den Bereich unter den Kuppeln gelangen konnten, dann war es wahrscheinlich, dass die größeren Raubtiere dasselbe tun konnten.

»Ich sehe, dein jungenhafter Charme hat nichts von seinem Zauber eingebüßt, Cap«, sagte Wiggins, als der Hase am Vogelhaus entlang hoppelte und verschwand, doch als Banks einen Finger an die Lippen legte, verstummte er.

»Ruhig und einen Zahn zulegen«, erwiderte Banks. »Wir könnten Ärger bekommen.«

Er führte sie in die Kuppel, in der sich das Vogelhaus befand, und in den überdachten Gang, der innen um die große Kuppel verlief. Der Russe Volkov lag immer noch auf der Arbeitsplatte im Vogelhaus, ausgeweidet, sodass jeder freie Sicht auf sein Inneres hatte. Es schien nicht so, als hätte irgendetwas an ihm gefressen, seitdem sie ihn am Morgen das letzte Mal gesehen hatten. Die Vögel hatten größere und saftigere Bissen draußen auf der Ebene. Aber etwas war hier in diesem Gang gewesen, mehr als nur ein einzelnes Etwas, so wie es aussah. Banks hatte mehr als genug Hundespuren gesehen in Schlamm oder Schnee, um zu wissen, was er da vor sich hatte, aber diese waren rot und blutig verschmiert auf dem Betonboden und jeder Abdruck war so groß wie die Hand eines Mannes.

Die Schuldigen waren nicht schwer zu finden. Banks ging um die Rundung des Vogelhauses zu der Stelle, wo sich die Tür zum Labor befand. Drei Wölfe füllten den Durchgang fast vollständig aus. Sie hatten ebenfalls etwas Saftiges zu fressen gefunden. Sie waren damit beschäftigt, sich an den toten Wissenschaftlern zu laben, die Schnauzen rot und tropfend, die Pfoten voller Blut und Fleischfetzen von ihrem blutigen Mahl.

Der größte der drei blickte auf. Er hatte seine Kiefer tief im Bauch eines der drei jungen Wissenschaftler versenkt. Geifer triefte ihm von den unteren Lefzen und er starrte Banks an. Es war nicht der große Rüde. Das war vermutlich Mama Wolf. Banks hob das Gewehr und machte gleichzeitig langsame Schritte rückwärts in die Richtung, aus der er gekommen war.

Er stieß gegen Galloway. Der Wissenschaftler hatte seinen toten Kollegen zu seinen Füßen fallen lassen und starrte nicht auf die Labortür, sondern nach hinten Richtung Vogelhaus. Hynd und McCally bildeten die Nachhut, aber Banks genügte ein Blick zwischen den beiden hindurch.

Der große männliche Wolf saß auf den Hinterbeinen mitten im Gang und fixierte ebenfalls Banks. Er zog die Lefzen in einer Art Grinsen zurück.

16

»Lass mich ihn erledigen, Cap«, sagte McCally. »Ich kann ihm von hier zwei Kugeln zwischen die Augen jagen und ihm das Grinsen aus dem Gesicht wischen.«

»Tu nichts«, sagte Banks. »Aber behalte ihn im Auge und erledige ihn, wenn er sich bewegt. Wir gehen sowieso nicht da lang; wir müssen durch das Labor. Und das müssen wir jetzt tun.« Ihm war schmerzlich bewusst, dass es schnell dunkel wurde und Nebel aufzog, der es noch finsterer machte.

»Wiggo, du kommst mit mir.«

»Wunderbar«, sagte der Soldat. »Du und ich und drei Hunde. Wie damals in der Bar in Dublin.«

Galloway und Waterston standen neben ihrem toten Freund, als seien sie entschlossen, die Leiche zu schützen. Banks blieb stehen, als er an ihnen vorbeiging.

»Wir müssen möglicherweise rennen«, sagte er. Galloway verstand sofort.

»Ich lasse ihn nicht hier.«

»Das ist Ihre Entscheidung, aber wir sind vielleicht etwas zu beschäftigt, um zu helfen.«

»Ich komme klar.«

»Wir kommen klar«, fügte Waterston hinzu.

Banks nickte und wandte seine volle Aufmerksamkeit wieder der vor ihm liegenden Aufgabe zu. Die drei Wölfe hatten ihr Mahl kaum verlangsamt und die Anwesenheit der Männer schien ihnen egal zu sein.

»Wie sollen wir das anstellen, Cap?«, flüsterte Wiggins.

»Folge mir einfach. Der große Kerl ist recht schnell abgehauen, als ich ihm das letzte Mal zu nahe kam. Ich hoffe mal, die drei hier sind genauso ängstlich.«

»Da wären wir schon zu zweit«, sagte Wiggins. Sie machten drei Schritte auf die Tür zu.

Das große Weibchen sah wieder auf, als wollte es fragen: ›Seid ihr immer noch da?‹

Banks bewegte sich weiter, auch wenn jeder Teil von ihm sich wie Gelee anfühlte und sein Kleinhirn ihm befahl, schnell wegzurennen. Er zeigte der Wölfin sein Gewehr und machte einen weiteren Schritt vorwärts. Er war jetzt nur noch drei Meter von ihr entfernt und die beiden kleineren sahen neugierig von ihrem Mahl auf.

Er hatte gehofft, dass sie sich in diesem Moment schon umgedreht hätten und weggelaufen wären, aber die Aussicht auf ein leichtes Mahl hatte sie mutig gemacht und sie würden ihr Fressen nicht so einfach aufgeben. Er hielt die Waffe in Richtung der Kuppeldecke und feuerte zwei Schüsse ab. Das Donnern hallte noch Sekunden um sie herum. Glassplitter klirrten auf den Boden.

Die Wölfe hatten genug gesehen. Aber seine Schüsse hatten den gegenteiligen Effekt. Statt zu fliehen, sprangen sie auf und griffen an. Alle drei kamen direkt auf ihn zu.

Er konnte seine Waffe nicht schnell genug hochreißen. Das Weibchen knallte gegen ihn, stieß ihm um wie eine Lumpenpuppe und rannte weiter. Er feuerte einen ungezielten Schuss in den Korridor vor sich ab und drückte sich dann gegen die Wand, als die beiden kleineren Tiere ihrer Mutter folgten. Weitere Schüsse hallten durch den Komplex, mehr Glas zerbarst und einer der jüngeren Wölfe heulte schmerzerfüllt auf, rannte jedoch weiter.

Banks roch Blut, Urin, Kot und nasser Hund, alles auf einmal, dann waren die Tiere an ihnen vorbei und verschwunden. Sie ließen eine Gruppe geschockter Männer zurück. Galloway hielt sich den Knöchel, der von einem Biss böse blutete, aber wenn er das einzige Opfer war, dann waren sie trotz dieses üblen Fehlers noch glimpflich davongekommen.

Ich habe sie unterschätzt. Sie waren uns nicht im Weg, wir waren ihnen im Weg.

Er beugte sich neben Galloway nach unten und half ihm, Druck auf die Wunde auszuüben, während McCally einen Druckverband anlegte.

»Darum muss sich bald jemand kümmern, Cap«, sagte der Corporal.

»Aye. Und das werden wir tun, sobald wir in Deckung sind. Also los. Sofort.«

Sein Squad setzte sich unverzüglich in Bewegung. Galloway blieb stehen und versuchte, Gewicht auf sein Bein zu legen. Er wäre beinahe zusammengebrochen. Waterston stützte ihn.

»Ich hab dich«, sagte der ältere Mann.

Galloway sah auf die Leiche zu ihren Füßen. »Wir können ihn nicht hier lassen«, sagte er.

Waterston zog Galloway mit sich.

»Doch, das können wir. Besser er als wir, wenn diese Bastarde Hunger kriegen.«

Galloway sah aus, als wolle er widersprechen, trat dann mit dem Fuß auf und musste einen Schmerzschrei unterdrücken. Als Waterston einen weiteren Schritt machte, ging er mit. Keiner von beiden blickte zurück.

Banks ließ Hynd und McCally die Spitze übernehmen. Hynd nahm Wiggins die Wasserflaschen ab, bevor er sich umdrehte. Banks blieb einen Moment stehen, um einen Blick zurück auf das Vogelhaus zu werfen. Von den Wölfen keine Spur.

»Die werden nicht weit weggehen«, sagte Wiggins. »Nicht bei all dem frischen Fleisch, das es hier gibt.«

Banks nickte und gab der Leiche zu seinen Füßen einen Stoß.

»Aye. Und wenn dieser arme Bastard sie davon abhält, uns zu belästigen, dann tut er uns einen Gefallen.«

Sie warteten, bis die anderen ein ganzes Stück des Korridors entlanggegangen waren, der Richtung Labor führte, bevor sie sich umdrehten, um ihnen zu folgen. Wiggins blieb nach zwei Schritten stehen.

»Wir können ihn nicht hier lassen, Cap. Das wäre nicht richtig, egal, ob er uns einen Gefallen tut. Er ist einer von uns und kein Hundefutter.«

»Ich hatte gehofft, dass du das sagen würdest«, erwiderte Banks. »Jeder nimmt ihn an einem Ende und wir sehen mal, ob wir ihn im Labor an eine sicherere Stelle bringen können.« Während sie den toten Wissenschaftler zum Labor brachten, waren die anderen schon auf dem Weg zur äußeren Tür und der Höhle unter dem Hügel. Banks sah sich um, suchte nach etwas, irgendetwas, um eine

Leiche sicher vor Raubtieren zu verstecken. Sein Blick fiel auf eine große Kühleinheit. Es dauerte nur ein paar Sekunden, den Inhalt zu entfernen und die Regalböden. Sie stellten den Mann aufrecht hinein und lehnten ihn gegen die Wand, schlossen dann fest die Tür, während er sie aus toten Augen anstarrte.

»Da drin ist er sicher«, sagte Banks.

»Sicherer als wir auf jeden Fall, Cap«, meinte Wiggins flüsternd. »Wir haben Gesellschaft.«

Die Wölfe waren zurück. Sie waren ihnen den Korridor entlang vom Eingang zum Vogelhaus her gefolgt. Nun standen sie zwischen den beiden Männern und dem Hinterausgang des Labors. Das große Männchen stand am nächsten, seine Partnerin direkt dahinter. Eines der jüngeren Tiere stand etwas weiter entfernt, es atmete schnell und schwer, seine Beine zitterten. Blut rann aus einer Wunde in der Seite. Es hatte definitiv beim früheren Aufeinandertreffen eine Kugel abbekommen, aber Banks hatte wenig Hoffnung, dass es das Tier sehr verlangsamen würde. Der Blick des großen Männchens war erneut wie ein Laser auf Banks' Gesicht gerichtet.

Und nun lächelt es nicht mehr.

Banks bewegte sich vorsichtig und langsam, um sein Gewehr von der Schulter zu holen. Der Wolf knurrte tief in der Brust. Es hörte sich wie ferner Donner an. Er kauerte sich tief nach unten und schlich vorwärts, den Blick starr auf ihn gerichtet. Die anderen Mitglieder des kleinen Rudels liefen hinter ihm her. Banks tat einen Schritt auf sie zu. Er musste seinen Beinen zweimal den Befehl geben, bevor sie zustimmten, sich in Bewegung zu setzen, aber das große Männchen schlich weiter vorwärts. Zwei weitere Schritte und er wäre in Sprungweite. Das durfte Banks nicht zulassen. Die Wucht eines Tieres dieser Größe sorgte dafür, dass es nicht zu stoppen war, egal, wie viele Kugeln er darauf abfeuerte.

Ich muss es erledigen.

Und ich muss es jetzt tun.

Er wusste, dass Wiggins direkt neben ihm war, aber konnte es sich nicht leisten, seinen Blick von dem großen Männchen abzuwenden. Diese Konfrontation würde nicht mehr als ein paar Sekunden dauern, vielleicht auch weniger. Das Gewehr fühlte sich wie eine natürliche Verlängerung seiner Hand an, als er es nach oben schwang und feuerte, noch ehe er exakt geradeaus gezielt hatte. Aber das große Männchen war dennoch zu schnell. Es sprang, aber zur Seite und nicht nach vorne. Banks hatte trotzdem Glück, denn drei Kugeln erwischten das Weibchen mitten in der Brust. Der Knall der Schüsse hallte von den Laborwänden wider. Wiggins stimmte mit ein und feuerte eine Salve auf die beiden jüngeren Wölfe. Sie sackten neben ihrer Mutter zusammen.

Banks drehte sich schnell um und suchte nach dem großen Wolf.

Er war bereits auf und davon. Nur ein Blick auf den buschigen Schwanz war noch zu erhaschen, als er floh und den Korridor entlang Richtung Vogelhaus verschwand.

Banks' Ohren klingelten und er spürte die Vibration in seinem Handgelenk, nahm den verbrannten Geruch des Gewehrlaufs wahr, als er zur Stelle ging, wo die Wölfin lag. Sie war noch am Leben, aber nur gerade so, und versuchte zu kriechen, nicht in seine Richtung, sondern zu der Stelle, wo ihre Jungen lagen, die beide eindeutig tot waren. Bei jeder Bewegung winselte sie und hinterließ eine Spur aus Blut und Schleim auf dem Laborboden, während sie schmerzhaft langsam vorwärts kroch. Sie ließ ein heulendes Jaulen vernehmen, das so erfüllt war von Schmerz und Leid, dass Banks es nur eine Sekunde aushielt und dann schnell zu ihr trat und ihr eine einzelne Kugel in den Kopf schoss.

Vom Korridor, irgendwo aus dem Vogelhaus, hörte man als Reaktion das Heulen des Männchens. Das hohe Jaulen über seinen Verlust verfolgte Banks und Wiggins den ganzen Weg durch das Labor und hinaus bis zur Höhle im Hügel.

17

McCally und Hynd standen an der Tür nach draußen, die Waffen erhoben. Hynd zog eine Augenbraue hoch, als er die drei toten Wölfe sah.

»Den großen hast du nicht erwischt?«

Wiggins antwortete zuerst.

»Nee, das ist ein cleveres Mistvieh und hat sich verpisst. Aber ich glaube, er ist scharf auf den Cap, also kommt er sicher zurück.«

Banks sah zu McCally.

»Wie geht es Galloways Knöchel?«

»Der Prof hilft ihm, die Wunde zu säubern. Ich glaube nicht, dass es so schlimm ist, wie es aussieht – eine Menge Blut, aber nicht sehr tief. Ich schau mir mal den Verband an, jetzt, wo ich weiß, dass ihr beide okay seid.« Banks nickte und wandte sich dann an Hynd.

»Unser Job ist es, die Höhle eine Weile zu sichern, vielleicht die ganze Nacht. Mal sehen, ob wir die Tür wieder auf die Angeln kriegen und sie zumachen können.«

»Wir bunkern uns ein?«

»Hast du eine bessere Idee? Es wird Stunden dauern – mindestens –, bevor die jemand anderen herschicken. Die debattieren sicher erst mal, ob sie es überhaupt tun sollen, das weißt du.« Hynd nickte, aber Wiggins war noch nicht zufrieden.

»Was meinst du damit?«

»Wir sind Special Forces, Kumpel, hast du das vergessen? Die erwarten, dass wir uns selber aus der Scheiße ziehen und nicht nach der Kavallerie schreien, wenn es ein wenig haarig wird. Der Colonel könnte beschließen, dass wir uns eine Weile erst einmal selbst helfen sollen, um zu sehen, wie wir uns so schlagen.«

»Woher wissen wir das?«

»Tun wir nicht. Das ist das Spaßige dran.«

»Mit der Frau vom Sarge hätte ich mehr Spaß gehabt«, murmelte Wiggins, aber diesmal lachte keiner.

Banks sah sich ein letztes Mal im Labor um, bevor er sich umdrehte. Der Wind hatte aufgefrischt und pfiff durch das zerbrochene Glas der Kuppel. Verstreute Papiere wurden herumgewirbelt und Gläser klirrten, aber sonst regte sich nichts. Der große weibliche Wolf lag mit der Schnauze gegen den Körper eines ihrer Jungen gedrückt, das Blut hatte sich in einer großen Pfütze um sie gesammelt. Es war nicht Befriedigung, die Banks verspürte, als er sich der Höhle im Hügel zuwandte.

Es war Abscheu.

Die Stahltür war so groß und schwer, dass es drei von ihnen brauchte, um sie aufzurichten und gegen den Türrahmen zu lehnen. Banks und Wiggins mussten sie mit dem Rücken an Ort und Stelle halten, während sich Hynd an den Türangeln und dem Schloss zu schaffen machte.

»Wird das halten?«, fragte Banks, als Hynd verkündete, dass er fertig war.

»Sagen wir es mal so, Cap«, meinte der Sarge. »Sie lässt sich schließen. Aber wenn sich eines von diesen orangefarbenen Mistviechern mal ordentlich dagegenwirft, kann ich nicht versprechen, dass das so bleibt.«

»Kann man nicht ändern«, erwiderte Banks. »Wenn es wenigstens Löwen und Wölfe draußen hält, ist es zumindest für etwas gut.«

Alle drei gingen wieder zurück in die Höhle. Die Tür schloss sich mit einem befriedigenden Klicken, als sie sie zuzogen.

»Moment mal, Cap«, sagte Wiggins. »Werden wir nicht ersticken?«

»Die haarigen orangefarbenen Viecher haben es auch ausgehalten, hier eingesperrt zu sein«, sagte Banks. »Ich nehme an, wir werden es überleben.«

Sie gingen hinein und fanden die anderen in der Hauptkammer vor. McCally hielt die Taschenlampe an seiner Waffe so, dass sie auf die Stelle schien, wo Galloway mit dem Rücken zur Wand saß und der Corporal seinen Knöchel bandagierte. Der Wissenschaftler lächelte dünn, aber er sah blass und erschöpft aus, wie kurz vorm Verzweifeln.

»Wir haben Ihren Mann an einem sicheren Ort verstaut«, sagte Wiggins zu ihm. »Die Viecher werden ihn in Ruhe lassen – und uns auch.« Galloway wirkte etwas aufgemuntert dadurch.

»Danke. Ich hatte ein schlechtes Gefühl, ihn dort so zurückzulassen.«

»Aye. Mir ging's genauso, Sir. Aber, wie der Cap schon sagte, er ist einer von uns und wir lassen niemanden zurück.« Waterston saß mit dem Rücken gegen die gegenüberliegende Seite der Kammer gelehnt.

»Die Schüsse … Haben Sie die Wölfe erwischt?«

»Die meisten davon«, erwiderte Banks, ging jedoch nicht ins Detail. Er wandte sich an seine Männer. »Wir müssen mal Inventur machen. Wir haben Wasser, etwas zu essen und Munition. Ich muss wissen, ob wir hier drin irgendwo ein Feuer machen können, ohne die Tür dafür zu öffnen, aber Galloways Almas haben hier drin auch ohne Heizung überlebt, also dürften wir es ebenfalls aushalten. Ich könnte allerdings einen Mord begehen für eine Tasse Kaffee.«

McCally richtete sich grinsend auf, nachdem er sich um Galloways Wunde gekümmert hatte. »Bin dir schon weit voraus, Cap. Wir haben einen kleinen Ofen, einen Kessel und ein paar Tassen. Außerdem etwas von dem Kaffee aus dem Flugzeug. Ein starker Kaffee, kommt sofort.«

Sie fanden schnell heraus, dass die Schlafkammer der Almas die am besten belüftete Kammer in den Höhlen war, und schürten ein Feuer mit dem Material der Schlafstätten und etwas trockenem Holz, das sie in der Nähe der Tür gesammelt hatten. Der Rauch des Feuers hing über ihren Köpfen und man konnte ihn in der Kehle schmecken, aber er schien langsam durch kleine Ritzen in der Decke abzuziehen und überdeckte zum Großteil den moschusartigen Gestank, den die Almas hinterlassen hatten. Ein bisschen Rauch einzuatmen, war bei Weitem das geringere Übel.

»Es gibt Stühle, Tische und andere Sachen im Labor, die prima brennen würden, Cap«, sagte Wiggins. »Ich könnte was davon holen gehen, wenn du willst.«

»Nein, wir haben genug für eine Nacht. Und ich habe nicht vor, länger hierzubleiben, egal, was passiert«, erwiderte Banks. »Davon abgesehen, dein Riesenköter wartet nur darauf, dass wir einen solchen Fehler machen. Diese Befriedigung werde ich ihm nicht verschaffen.«

Eine halbe Stunde später brannte das Feuer ordentlich, sie hatten einen Kaffee gekocht und alle aßen Trockenfleisch und Hartkekse. Es war ein bescheidenes Mahl.

Aber besser als die Alternative.

Banks ließ Wiggins und McCally die erste Wache an der Vordertür übernehmen.

»Zuerst schießen, danach Fragen stellen, okay?«

McCally nickte und ging mit Wiggins davon. Fünf Minuten später zog der Geruch von Zigarettenrauch durch die Kammer. Banks entspannte sich das erste Mal seit vielen Stunden.

Galloway war auf der anderen Seite des Feuers eingeschlafen. Hynd ging hinaus, um sich den anderen auf eine Zigarette anzuschließen, also trat Banks neben Waterston, der die Höhlenmalereien betrachtete, die sich unter dem flackernden Lichtschein des Feuers auf primitive Weise zu bewegen schienen.

»Also, Prof, glauben Sie immer noch an die Theorie Ihres Kollegen, dass diese haarigen Viecher von hier sind und Volkov sie nicht erschaffen, sondern nur gefunden hat?«

»Das tue ich«, antwortete Waterston. »Jetzt sogar noch mehr, nachdem ich mir diese Malereien genauer angesehen habe.«

»Schwer zu glauben, dass diese Dinger so lange hier überleben konnten«, sagte Banks.

»Lange? Unsinn, das ist nur ein Wimpernschlag im Angesicht der Ewigkeit. Lassen Sie es mich Ihnen so erklären wie meinen Studenten, die es nicht ganz begreifen können.«

Der Mann holte seine Brieftasche heraus und zeigte Banks ein Foto, das er darin hatte. Banks musste es schräg halten, um bei der Mischung aus flackerndem Licht und Schatten etwas darauf erkennen zu können. Es zeigte eine alte Frau in einem Hinterhof, die die Hand eines Kindes hielt, das kaum dem Krabbelalter entwachsen war.

»Das bin ich, 1960«, sagte der Prof. »Und das ist meine Urgroßmutter neben mir. Sie wurde 1880 geboren. Das sind fast 140 Jahre seitdem. Stellen Sie sich sie nun als Baby vor, wie sie die Hand ihrer Urgroßmutter hält, das bringt Sie noch einmal 80 Jahre zurück. Zweimal Händchenhalten und wir sind schon zwei Jahrhunderte weit gekommen, beinahe am Anfang des 19. Jahrhunderts.

Können Sie sich die Generationen vorstellen, die sich an den Händen halten rückwärts in der Zeit? Können Sie sie sehen, Captain?«

Banks nickte. Er konnte es sich vor seinem geistigen Auge vorstellen, eine Kette, seine Familie, die untereinander verbunden in das Dunkel der nebligen Vergangenheit reichte.

»Ich habe ein ähnliches Foto, aber bei mir ist es mein Urgroßvater. Also, ich sehe, worauf Sie hinauswollen. Weniger als hundert Generationen bringen uns bis zur vorrömischen Ära in Britannien, oder nicht? Ich hätte nie gedacht, dass es so nahe dran ist.«

Waterston nickte zur Antwort.

»Fügen Sie einfach noch ein paar hundert Generationen hinzu und wir sind zurück in der Zeit der Mammuts und was immer die Menschen damals in dieser Tundra gejagt haben. Die Chancen, dass sie bis jetzt überlebt haben, scheinen dann nicht mehr so gering, was, Captain?«

»Nein, Sie haben recht. Das tun sie nicht.«

»Und würden Sie sie dann nicht als menschlicher betrachten, eher als Verwandte und nicht als bloße stumme Tiere?«

»Sie kennen meine Verwandten nicht«, sagte Banks mit einem Grinsen. »Aber ich sehe, was Sie meinen.«

»Das hoffe ich, Captain«, sagte Waterston leise, »denn ich muss Sie um einen Gefallen bitten. Ich möchte, dass Sie versuchen, sie möglichst nicht zu töten, wenn das irgendwie geht.«

»Selbst, nachdem sie Ihren Freund getötet haben?«

Waterston nickte.

»Ich bin nicht überzeugt, dass es Absicht war«, sagte er. »Ich schon«, erwiderte Banks, aber der Prof ließ sich nicht umstimmen.

»Diese kleine Population könnte tatsächlich das letzte Überbleibsel dieser Spezies sein«, sagte er. »Wir haben die Verantwortung, sie zu schützen.«

»Und ich habe eine Verantwortung, Sie zu schützen«, entgegnete Banks.

»Ich werde Sie gerne von dieser Last entbinden, wenn Sie mir versprechen, dass den Almas nichts passiert.«

»Leider ist das kein Gefallen, den Sie mir gewähren können«, antwortete Banks. »Aber ich verspreche, die Almas nicht ohne guten Grund zu töten. Das ist alles, was ich fürs Erste tun kann.«

»Dann muss das wohl genügen«, erwiderte Waterston und machte sich wieder daran, die Wandmalereien zu betrachten.

Galloway schlief immer noch unruhig am Feuer. Banks ließ die Wissenschaftler zurück und ging in die Hauptkammer, folgte dann dem schwachen Licht dem Korridor entlang bis zum Haupteingang, wo die drei Männer seines Squads versammelt waren und rauchten.

»Alles ruhig, Cap«, sagte McCally. »Keine Spur von den haarigen Viechern.«

»Der Prof sagt, sie sind weniger wie Tiere, mehr wie Cousins«, erwiderte Banks.

»Aye, okay, aber ich werde nicht mit einem davon in die Kiste steigen«, meinte Wiggins. Das Gelächter hallte laut durch den engen Korridor … und wurde von einem *Wuff* auf der anderen Seite der Außentür beantwortet.

18

Das Squad reagierte wie ein Mann. Zigaretten wurden unter Stiefelabsätzen ausgedrückt, Waffen erhoben und in Position gebracht, ohne dass Banks einen Befehl geben musste. Sie standen alle schweigend und bewegungslos und lauschten. Das Geräusch draußen wiederholte sich, diesmal zweimal. Banks wusste genau, was es war – er hatte mal auf einem Marktplatz in Lagos einen Schimpansen gesehen, dem man einen Zaubertrick gezeigt hatte, und das Lachen, das er als Reaktion von sich gegeben hatte, hatte sich erstaunlich ähnlich angehört, nur nicht so tief.

Dem verdammten Ding hat Wiggins Witz besser gefallen als uns.

Das nächste *Wuff* war zu hören, diesmal näher, nur ein Stück hinter der Tür. Banks' Hand umklammerte die Waffe fester. Er rechnete damit, dass die Tür jeden Moment aufgezogen wurde. Aber es kam nur ein leises, fast sanftes Kratzen, als würde das Vieh an der Tür schaben und um Einlass bitten. Dann war ein weiteres *Wuff* zu hören, leiser und flehentlicher, bis es ebenfalls verstummte und im Korridor wieder Stille herrschte.

Das Squad brauchte eine Minute nach dem letzten Geräusch, um sich wieder zu entspannen, und schließlich war es Wiggins, der das Schweigen brach.

»Was glaubst du, Cap? Hat es sich verpisst?«

Waterston antwortete, er war durch den Korridor gekommen, während sie damit beschäftigt waren, in die andere Richtung zu sehen.

»Würden Sie das tun, wenn Sie nach Hause kommen und feststellen, dass jemand in Ihrem Haus ist und Sie ausgesperrt hat?«

»Kommen Sie schon, Prof«, sagte Wiggins. »Das ist nur ein verdammtes Tier.«

»Es ist ein verdammtes Tier, das malen kann, eine Flöte bauen und das weiß, wo sein Haus ist. Es ist so schlau wie Sie.«

»Schlauer«, sagte Hynd.

Als McCally lachte, hörte man ein antwortendes Doppel-*Wuff* von draußen, bevor es wieder still wurde.

Mehrere Stunden hörte man keine weiteren Geräusche von der anderen Seite der Tür. Banks wies die Männer an, sich schlafen zu legen. Der Abend verstrich, und selbst er schaffte es, ein paar Stunden die Augen zuzumachen, bis ihn McCally kurz vor Mitternacht weckte.

»Immer noch alles ruhig, Cap«, sagte der Corporal leise.

Wiggins hatte sich bereits auf die andere Seite des Feuers gesetzt, und als Banks wieder an der vorderen Tür war, war Hynd bereits dort und zündete sich eine Zigarette an.

»Glaubst du, dass ein zweites Flugzeug unterwegs ist, Cap?«, fragte der Sergeant.

»Ich glaube, die Chancen stehen fifty-fifty. Ich kenne den Colonel. Trotz der Tatsache, dass ihr ein Haufen Nichtsnutze seid, glaubt er, dass wir diese super Spezialeinheit sind, große Jungs, die sich um sich selbst kümmern können. Ich nehme an, wir werden es morgen früh wissen, ob wir diese Annahme auf die Probe stellen müssen.«

»Und wenn kein Flugzeug kommt?«

»Dann haben wir einen Gewaltmarsch vor uns. Fünfzig Meilen bis zum nächsten Fischerdorf, wenn ich das richtig in Erinnerung habe.«

»Und mit ein paar haarigen Viechern, die uns den ganzen Weg am Arsch hängen?«

»Ich habe nicht gesagt, dass es leicht werden würde«, erwiderte Banks.

»Doch, das hast du«, meinte Hynd lächelnd. »Eine gemütliche Nummer. Das waren deine genauen Worte daheim in der Offiziersmesse.«

»Erinnere mich nicht daran«, sagte Banks mit einem Stöhnen. »Ich werde uns nie mehr freiwillig zum Babysitten melden.«

»Wir haben uns freiwillig gemeldet?«

»Aye, noch ein Geniestreich. Verdammt, entweder ist es die Erinnerung an meine eigene Dummheit, der Gestank dieser Viecher oder deine verfluchte Kippe, aber ich kriege langsam miese Kopfschmerzen. Können wir die Tür einen Spalt aufmachen?«

»Die Jungs haben gesagt, es war seit Stunden ruhig. Sollte also okay sein, wenn wir vorsichtig sind. Ich könnte auch ein bisschen frische Luft vertragen.«

Banks stand mit dem Gewehr in der Hand daneben, während Hynd die Tür aufwuchtete, nur ungefähr zehn Zentimeter, aber genug, um eine willkommene Brise frischer Luft in den Korridor zu lassen. Es kam noch etwas anderes herein.

Draußen, weit entfernt, aber deutlich, hörte man zwei Stimmen, die zu einem Heulen erhoben waren, das beinahe musikalisch wirkte. Der Wolf stimmte diesmal nicht mit ein, aber die Almas bekamen das auch alleine gut hin.

Banks sah ein flackerndes Licht im Türspalt und erinnerte sich an sein Erlebnis am Yukon.

»Mach die Tür auf, Sarge«, sagte er. »Das willst du dir ansehen, das verspreche ich.«

Das Flackern wurde deutlicher, je weiter sie die Tür aufschoben und die Quelle war offensichtlich, sobald sie draußen standen.

Der Himmel tanzte wie unter farbiger Seide, die flüsterte und raschelte, während er sich mit dem Nordlicht bewegte, das die Sterne verdeckte und wie grüner, blauer und gelber Feuerschein wirkte. Irgendwo im Norden hinter den Kuppeln sangen die Almas ein Lied zu seiner Ehre, während ein Wasserfall aus Farben den Himmel erhellte.

Banks und Hynd standen schweigend einige lange Minuten in der Tür, während das Lied der Almas lauter und lauter wurde, beinahe opernhaft in seiner Intensität.

»Cap«, sagte Hynd leise. »Das war es wert, dass du dich freiwillig gemeldet hast, nur für das hier. Danke.«

»Danke mir noch nicht, Mann«, entgegnete Banks. »Hörst du das?«

Es waren mehr als zwei Stimmen von Almas in der Nacht. Ein Chor, weiter entfernt, wie von Ferne durch den Wind herangetragen, der sich erhob und in den Gesang in der Nähe einstimmte. Ein Chor, der sich fast menschlich anhörte und im Nachthimmel sang, eine disharmonische Melodie, die seltsam passend war für den sich stets ändernden Schimmer des Nordlichts, das wie ein Vorhang aussah.

»Was hat das zu bedeuten, Cap?«, fragte Hynd.

Banks sorgte dafür, dass sie beide eilig wieder in dem Höhlensystem verschwanden, und stellte sicher, dass die Tür hinter ihnen fest geschlossen war.

»Ich glaube, wir stecken in Schwierigkeiten«, sagte er und ging, um Galloway zu wecken.

»Wie viele könnten es sein?«, fragte Banks.

Galloway war noch dabei aufzuwachen. Er war verschlafen und beschwerte sich lauthals über seine steife Muskulatur und den schmerzenden Knöchel.

»Wie viele?«, fragte Banks wieder.

»Sind Sie sicher, was Sie gehört haben?«, fragte der Wissenschaftler schließlich. Banks nickte.

»Hundert Prozent sicher.«

Galloway stand auf, streckte sich und stöhnte wieder, bevor er antwortete.

»Das ist schwer zu sagen. Es hängt davon ab, wie sie an Nahrung kommen, wie viele Orte sie haben, um sich zu verstecken, wie lange sie schon hier sind … es sind zu viele unbekannte Faktoren.«

»Aye, da haben Sie wohl recht«, antwortete Banks. »Meinen Sie, es könnte ein Dutzend dieser Viecher sein?«

»Wenn es eine Population war, die sich über all die Jahrhunderte erhalten konnte, dann denke ich, so viele müssten es mindestens sein.«

»Na, das ist ja verdammt wunderbar«, meinte Wiggins. »Das hat uns gerade noch gefehlt. Ein ganzes beschissenes Rugby-Team dieser großen rothaarigen, pelzigen Mistviecher.« Alle in der Kammer waren mittlerweile wach und es sah nicht so aus, als würde irgendwer wieder einschlafen können.

»Wiggo, Cally, greift euch mal einen Bissen zu essen und macht einen Kaffee. Der Sarge und ich gehen wieder an die Tür. Galloway, Sie und der Prof stecken mal die Köpfe zusammen – versuchen Sie, sich was einfallen zu lassen, was uns vielleicht weiterhilft.«

»Wobei hilft?«

»Hier in einem Stück herauszukommen, wäre ein guter Anfang.«

Banks und Hynd gingen zurück zum Eingang. Weil die Stahltür völlig geschlossen war, klangen alle Geräusche von draußen gedämpft, aber das Lied der Almas war auf jeden Fall noch zu hören, ein fast flüsternder Klang, der wirkte wie aus einem Traum, beinahe wehmütig.

Stellen Sie sie sich als Verwandte vor.

Das war es, was der Prof gesagt hatte, aber Banks wusste, dass der ätherische Gesang, wie bezaubernd er auch wirkte, nichts war, das er als irgendwie vertraut bezeichnen würde. Und er konnte sich den Luxus nicht leisten, allzu lange darüber nachzudenken. Er hatte Menschen, die ihm unterstellt waren, und die hatten für ihn höchste Priorität, weit mehr als die Bedenken des Profs oder die Erfordernisse der Wissenschaft.

»Wir müssen bereit sein, hier schnell zu verschwinden«, sagte er. »Ich habe ein schlechtes Gefühl bei der Sache.«

»Wieder eine deiner Ahnungen, Cap? Sollen wir wieder deine Pension drauf verwetten?«

»Mein Magen beschwert sich«, entgegnete Banks. »Du weißt, was das heißt.«

»Normalerweise Ärger«, sagte Hynd. »Ich sorge dafür, dass alle bereit sind, kurzfristig hier zu verschwinden.«

»Gut. Und wenn ich rufe, dann kommst du angerannt.«

Banks blieb allein im Korridor zurück. Nachdem Hynds Schritte verhallt waren, hörte er nur noch den

Gesang der Almas. Alles wurde still. Er lauschte angestrengt, doch das Rauschen in seinen Ohren war nur sein Blut, nicht der Tanz des Nordlichts draußen. Er trat näher an die Tür. Gleichzeitig spürte – fühlte – er eine ähnliche Bewegung auf der anderen Seite, als ob etwas seine Bewegung nachahmte. Dann wurde die Stille unterbrochen und er hörte ein leises Kratzen draußen auf dem Metall, dann ein Wimmern, das nach Sehnen und Verlust klang. Die Almas waren nach Haus gekommen.

19

Er hatte keine Zeit zu rufen. Die von Hynd reparierten Türangeln hielten einem kurzen und heftigen Zerren von außen stand, aber beim zweiten Mal wurde die Tür einfach komplett aus dem Rahmen gerissen. Das riesige Metallstück, das nur drei Männer hatten anheben können, wurde zur Seite geworfen wie eine Spielkarte. Banks hörte, wie es scheppernd auf Felsen knallte, aber bis dahin war seine ganze Aufmerksamkeit von dem Ding gefesselt, das im Eingang stand. Er konnte die Hitze spüren, die es ausstrahlte, schmeckte den fleischigen Geruch im Hals und in der Nase und es kam ihm vor, als könne er jedes einzelne drahtige, orangefarbene Haar in der kalten Brise wehen sehen, die mit ihm zusammen hereinkam. Er sah, dass es ein Weibchen war. Hängende Brüste waren unter dem roten Haar zu sehen.

Darüber Schultern, die eher zu einem Gewichtheber gepasst hätten, und ein Kopf, der zu groß wirkte und aus Augen und Zähnen zu bestehen schien. Die Zähne waren gelb, die Augen blassblau und sie starrten so tief in Banks' Seele, wie es zuvor der Wolf getan hatte. Es machte einen Schritt vorwärts.

Wer hat in meinem Bettchen geschlafen?

Er musste bei dem Gedanken ein Lachen unterdrücken und schwang sein Gewehr hoch, als der Alma hereinkam.

»Warten Sie«, erklang eine Stimme neben seiner Schulter. »Denken Sie daran, Sie haben es versprochen.«

Waterston machte einen Schritt und stand direkt neben Banks, auch wenn der Korridor gerade eben breit genug war, dass sie nebeneinander stehen konnten, und legte eine Hand auf Banks' Waffe. Banks sah, dass er in der anderen Hand die Knochenflöte hatte. Der Mann hielt die Flöte an die Lippen und blies. Drei leise Noten, beinahe musikalisch.

Der Alma blieb stehen und neigte den Kopf zur Seite, lauschte. Waterston spielte eine Melodie. Banks erkannte sie sogar, ein Kinderlied, das er aus seinen eigenen Kindertagen kannte.

Ringel, Ringel, Rosen, gelbe Aprikosen.

Der Alma bellte, lachte zweimal laut und sein Gesicht verzog sich zu einem breiten Grinsen. Waterston machte, als wäre er ermutigt worden, einen Schritt näher auf das Biest zu.

»Nein!«, rief Banks, aber es war bereits zu spät. Der Alma streckte den Arm aus, so schnell wie ein Jab eines Boxers, und griff nach der Flöte. Die riesige Hand erfasste ihr Ziel – und dabei auch Waterstons Hand. Es zog den Mann direkt in einer Umarmung an seine Brust. Seine Rippen wurden mit einem Knacken der Knochen eingedrückt, das wie Gewehrfeuer durch den Korridor hallte. Banks versuchte, einen gezielten Schuss zu landen, aber der Körper des Profs wirkte wie ein Schild, während das Biest versuchte, die Flöte aus Waterstons Hand zu winden.

Es drückte wieder zu, fester. Ein Schwall Blut rann aus dem Mund des Mannes, Blut und Lungengewebe tropften auf den eingedrückten Brustkorb. Der Alma heulte triumphierend, befreite die Flöte aus der Hand des toten Mannes und blies eine einzelne, hohe Note darauf, die beinahe Banks' Schädel explodieren ließ.

Aber als es das tat, ließ es die Leiche des Professors zur Seite fallen und gab Banks das freie Schussfeld, das er brauchte. Er schoss ihm schnell nacheinander drei Kugeln in den Kopf, die letzte traf den Nasenrücken der riesigen flachen Nase und riss fast die Schädeldecke weg. Es fiel, eine tote Masse im Eingang, die Flöte machte ein letztes, missmutiges Geräusch, bevor jeder Laut verstummte.

Banks' Ohren klingelten wie Kirchenglocken und er wusste erst, dass sein Squad zu ihm aufgeschlossen war, als Hynd die Hand auf seine Schulter legte.

»Cap?«, rief Hynd. »Bist du okay?«

»Mir geht's gut, Kumpel«, sagte er und hörte seine Worte in dem Abgrund widerhallen, der seinen Kopf zu füllen schien. »Den Prof hat's allerdings durch die Mangel gedreht.« Der Korridor stank nach Tod, Urin und Kot, aber Banks hatte nicht vor, mal raus an die frische Luft zu gehen. Stattdessen ging er zurück und ließ das Team den Eingang bewachen. McCally und Wiggins standen Wache, während Hynd sich den Professor ansah. Er drehte sich um und hielt den Daumen nach unten, dann beugte er sich hinab, um das tote Vieh genauer zu betrachten, er wuchtete es auf den Rücken und brauchte beide Hände, um das Gewicht zu bewegen.

»Sauberer Schuss, Revolverheld«, sagte Hynd ohne ein Lächeln, als er auf die eng zusammenliegenden Einschüsse herabblickte. Das Klingeln in Banks' Ohren ließ nach, aber nur langsam. Er hörte, was der Sarge sagte, und auch das verzweifelte Heulen draußen, das vom Wind von irgendwo zwischen den Glaskuppeln draußen hereingetragen wurde.

Banks sah am Sarge vorbei, konnte aber keine Bewegung draußen sehen. Als er jedoch wieder nach unten blickte, bemerkte er, dass sich der Bauch des Almas bewegte, als würde es noch atmen.

»Was zur Hölle soll das jetzt?«, fragte Wiggins. Hynd beugte sich wieder zu dem Vieh hinab.

»Vorsichtig, Sarge«, sagte Wiggins.

»Ich kann sein Hirn sehen, Kumpel. Ich bin mir ziemlich sicher, dass es tot ist. Das ist was anderes.«

Er legte die Hand auf den haarigen Bauch. Banks sah, dass sich wieder zweimal etwas bewegte, dann war alles reglos. Als Hynd wieder zu ihm aufsah, wirkte sein Gesicht ernst.

»Ich glaube, sie war schwanger, Cap. Und ich glaube, wir haben nicht nur sie getötet, sondern auch das Balg.«

Banks antwortete nicht, aber ein weiteres jammerndes, trauriges Heulen von draußen gab etwa das wieder, was ihm gerade durch den Kopf ging.

Banks hatte Glück.

Er sah genau in dem Moment direkt aus der Tür der Höhle, als etwas direkt auf sie zuschoss. Ein dunklerer Schatten im Schwarz der Nacht, der von irgendwo im Inneren des Labors kam. Er krachte durch das Glas der Kuppel und flog auf sie zu.

»Da kommt was auf uns zu!«, schrie er und vertraute darauf, dass sein Squad sich in Bewegung setzte, während er sich nach hinten in den Korridor warf. Eine stählerne Tischplatte, fast so groß wie die Tür selbst, krachte außen gegen den Türrahmen, das Krachen und Scheppern war so laut wie ein Gewehrschuss. Banks lag auf dem Rücken, die Füße zeigten in Richtung der offenen Tür und er sah seinen Körper entlang in Richtung Tür, als er etwas erblickte, das aussah wie ein halber Baum und aus den Schatten geflogen kam, nicht von der Kuppel her, unter der das Labor war, sondern von dahinter, aus Richtung des Vogelhauses.

Da draußen ist noch mehr als eines von denen übrig.

Der Baumstamm fiel vor dem Ziel zu Boden, traf jedoch mit einem so wuchtigen Splittern auf, dass der Boden des Korridors erbebte.

»Rückzug«, schrie Banks. »Weg von der Tür.«

Er krabbelte rückwärts, während Wiggins, McCally und Hynd sich zu seiner Position zurückzogen. Es war eng, aber nur Sekunden später kniete er neben Wiggins und Hynd und McCally standen aufrecht über ihnen.

Er schob die Gummiohrstöpsel tief in beide Ohren.

»Ohrstöpsel rein, Jungs. Das wird laut.«

Ein reinrassiger Bombenhagel begann. Steine in der Größe von Fußbällen – drei, vier und manchmal fünf auf einmal – krachten durch die Glaskuppeln und schlugen wie Kanonenkugeln rund um die Tür ein. Falls einer direkt traf und den Eingang erwischte, dann würde das Team schnell sein müssen, um zu vermeiden, wie Kegel umgeschossen zu werden. Fürs Erste schützte die geringe Größe des Ziels sie vor den schlimmsten Auswirkungen der Attacke, auch wenn sie so laut und lebensbedrohlich wirkte wie ein Schlachtfeld. Ein geworfener Stein erwischte sie fast, denn er war flacher und kräftiger geworfen als die anderen, aber er traf wuchtig den armen toten Waterston, wodurch seine Leiche zuckte wie eine Marionette, an deren Fäden man heftig gezogen hatte.

»Ruhig bleiben, Jungs«, schrie Banks und musste sich Mühe geben, über den Lärm hinweg zu verstehen zu sein, »die werden gleich einen Massenansturm hinlegen.« Sein Bauchgefühl erwies sich erneut als richtig. Nach einem Trommelfeuer Dutzender Steine und weiterer großer Äste, erklang ein wütendes Geheul in den Kuppeln, in das ein Chor von Stimmen einstimmte, bis es trotzig durch das gesamte Höhlensystem hallte.

Eine Gruppe von Almas, mindestens zehn, soweit Banks erkennen konnte, und alles so groß wie das Männchen, das sie bereits gesehen hatten, kam aus dem Kuppelkomplex gerannt, zerschmetterte Glas und Metall, als wäre es nicht mehr als Papier, das sie zerrissen.

Die Waffenlampen des Squads beleuchteten sie, was den orangefarbenen Haaren ein geisterhaftes Leuchten gab. Düstere Schatten, kräftig wie Gewichtheber und mit Bewegungen, so geschmeidig die wie einer Katze, sprangen vorwärts. Sie brüllten immer noch und kamen direkt auf den Eingang der Höhle zu.

Wären sie auf freiem Feld von einer solchen Attacke getroffen worden, dann hätten sie vielleicht nicht die Feuerkraft gehabt, sie zu stoppen, das wusste Banks. Aber hier in der Enge der Höhle konnte nur eines der Biester auf einmal auf sie zukommen, egal wie viele an dem Angriff beteiligt waren. Das wusste auch das Squad und Banks konnte ihre Anspannung spüren, aber ihm war klar, das war die normale Einsatzbereitschaft, die sie alle empfanden. In den Gesichtern des Teams war keine Angst zu sehen und jeder Mann hielt seine Waffe ruhig, den Lampenkegel direkt nach vorne gerichtet, als die Biester die Tür erreichen und das größte von ihnen sich an den anderen vorbeidrängte, um als Erster drinnen zu sein.

Banks wusste, dass das Team auf seinen Befehl wartete, und er wollte ihn gerade geben, denn er dachte, dass das Biest direkt auf sie zustürzen würde, aber stattdessen blieb es stehen und beugte sich über die Leiche des toten Artgenossen. Es streichelte mit einer riesigen Hand das tote Gesicht und dann weiter unten den nun reglosen Bauch. Es ließ ein Heulen vernehmen, einen schmerzerfüllten Schrei und Banks sah Tränen in seinen Augen glitzern. Es drehte sich zum Team, der Schmerz deutlich in seinen Gesichtszügen sichtbar. Schmerz, der sich genauso offensichtlich in Wut verwandelte.

»Feuer!«, schrie er.

Das Trommelfeuer dröhnte und hallte durch den Korridor, der enge Raum füllte sich mit Brandgeruch, dem Klirren der leeren Patronenhülsen und dem Heulen des tobenden Biests, das weiter auf sie zukam, obwohl sie Kugel um Kugel auf es abfeuerten. Es fiel erst, als Banks höher zielte und ihm, wie bei seiner Partnerin, eine Salve von drei Kugeln in den Kopf feuerte. Es sackte zu Boden, versuchte noch ein Stück zu kriechen, realisierte dann erst die Kugel im Kopf und stürzte, eine riesige haarige Hand nur einen knappen Meter von Banks' Zehen entfernt. Ein weiteres stand bereits hinter ihm und kam auf sie zu.

20

Die nächsten Minuten fühlten sich wie eine Ewigkeit an. Der Ansturm der Biester schien nicht zu enden, sie kletterten über die Leichen der Gefallenen hinweg und das Squad pumpte sie mit Kugeln voll. Selbst mit den Ohrstöpseln fühlte sich Banks' Kopf an, als würde eine Reihe Bomben darin explodieren, seine Handgelenke schmerzten vom Rückschlag der Waffe und alles, was er schmeckte, war Tod und Brandgeschmack in einem Hals, der sich anfühlte, als würde er von Sandpapier bearbeitet.

Aber schließlich erwies sich das Sperrfeuer als zu viel und die verbliebenen Biester zogen sich zurück. Banks gab versuchshalber einen letzten Schuss auf das größte Männchen ab, das noch übrig war, aber das Vieh rannte schnell davon. Er streifte es nur und das hinterließ einen blutigen Striemen auf der linken Seite des riesigen Schädels, der das Letzte war, was Banks sah, bevor die Almas wieder in den Schatten des Kuppelkomplexes verschwanden.

Sie hinterließen vier tote neben dem schwangeren Weibchen und dem armen, zerquetschten Waterston, der mit dem Kopf fast in ihrem Schoß lag, seine Innereien verzierten die Vorderseite seines Hemds.

Banks bemerkte eine Bewegung, hinter ihnen und nicht vor ihnen. Er drehte sich herum, die Waffe instinktiv erhoben. Galloway hob die Hände, mit bleichem Gesicht, die Augen weit aufgerissen, als habe er Angst, er würde ebenfalls erschossen werden und sich zum Rest der Leichen gesellen.

Banks fragte sich, ob die Almas draußen heulten. Es würde Minuten dauern, bis er wieder etwas anderes hören konnte als das Klingeln und den Nachhall des Gewehrfeuers in seinem Kopf. Galloway redete mit ihm, aber Banks musste gestikulieren und laut brüllen, damit der Wissenschaftler etwas verstand.

Wiggins und McCally gingen den Korridor entlang und überprüften, ob die gefallenen Biester auch so tot waren, wie sie aussahen. Alles stank nach abgefeuerter Munition, Blut und Urin; ein Gestank des Todes, der nur allzu vertraut war. Banks nahm Galloway am Arm und führte ihn zurück in die zentrale Kammer des Höhlensystems, um etwas frischere Luft zu schnappen.

»Der Professor?«, schrie Galloway und Banks hörte es wie ein fernes Flüstern im Wind.

»Tot«, sagte er. »Der verrückte Spinner versuchte, vernünftig mit dem Vieh zu reden.«

»Ich hätte dasselbe getan«, entgegnete Galloway und nun hörte ihn Banks viel deutlicher, auch wenn das Klingeln immer noch im Hintergrund erklang. Er zog die Stöpsel aus den Ohren, und als er redete, hörte er nur noch ein leichtes Echo und die abklingende Erinnerung an das Glockenläuten.

»Dann würden Sie ebenso auf dem Boden liegen mit den Innereien im Freien«, sagte er. »Ich habe bisher meinen Job hervorragend gemacht, auf Sie aufzupassen. Tun Sie mir einen Gefallen und bauen Sie keinen Scheiß. Ich würde wenigstens gerne einen von Ihnen in einem Stück nach Hause bringen.«

Galloway wollte gerade antworten, als ein Stück trockene Erde vom Dach über ihnen fiel. Banks hörte zwei Dinge direkt nacheinander: Einen Chor wütenden Geheuls, gedämpft, so als würde er durch Felsen dringen, und das Kratzen und Wühlen, während Stein und Erde über ihnen bewegt wurden.

Sie sind nicht durch die Tür gekommen, also kommen sie durch den verdammten Kamin.

Galloway sah nach oben.

»Sie können uns doch sicher so nicht erreichen, oder? Das müssen mehr als zwei Meter sein.«

»Das hat man ja schon im Film gesehen«, erwiderte Banks. »In solchen Situationen kommen sie immer irgendwie rein. Holen Sie alles, was Sie mitnehmen wollen. Und machen Sie schnell. Wir hauen ab und sollten nicht trödeln.«

Eine Minute später schlossen sich die beiden dem Squad im Korridor an. Hynd hatte die Tür im Auge.

»Ich habe keine Bewegung gesehen, Cap«, sagte er.

Banks lachte bitter.

»Das liegt daran, dass sie auf dem beschissenen Dach sind. Sind wir bereit zum Abzug?«

Hynd nickte.

»Aber wohin, Cap? Wir haben gedacht, das wäre der sicherste Ort.«

»Aye, und ich war daran genauso schuld. Wieder zurück ins Hauptgebäude, das ist unser erstes Ziel. Wir müssen einen Ort finden, wo wir uns verstecken können und uns bis zum Morgen einbunkern können, und wenn das ein verschlossener Vorratsraum oder ein Kühlschrank ist, dann können wir auch nichts dran ändern. Wir gehen zu den Lagerräumen unter den Gästezimmern und sehen uns um. Cally, Wiggo, ihr seid vorne. Hynd und ich passen auf Galloway auf. Und wenn einer von den orangefarbenen Wichsern auftaucht, schießt ihm die Eier weg.«

»Was ist mit dem Prof?«, fragte Galloway. »Können wir ihn mitnehmen?«

»Nein. Wir rennen und selbst ohne ihn sind wir vielleicht zu langsam. Ich verspreche, dass wir zurückkommen, wenn wir die Chance dazu haben. Das ist alles, was ich im Moment für Sie tun kann.«

Galloway widersprach nicht. Er bückte sich, nahm die Knochenflöte aus der Hand des toten Almas und steckte sie in eine Innentasche, bevor er sich an Banks wandte.

»Also rennen. Versuchen Sie, mit mir Schritt zu halten.«

In der Höhle hörte man ein Rumpeln und eine Wolke Staub und Erde kam aus der zentralen Kammer. Das Brüllen der Almas folgte.

»Abflug«, schrie Banks.

Sie kamen aus der Höhle und rechneten jeden Moment damit, dass sie von einem neuen Trommelfeuer aus Felsen eingedeckt werden würden, aber sie erreichten die Tür zum Labor, ohne dass sich ihnen etwas in den Weg stellte, und verschwanden schnell im Inneren.

Banks feuerte beinahe blindlings drauflos, als ein großer schwarzer Schatten sich vor ihnen erhob, aber ein verängstigtes Krähen und Flügelflattern machte ihnen klar, dass der Donnervogel, auf den sie gestoßen waren, genauso überrascht war, sie zu sehen, wie umgekehrt. Er erhob sich, flatterte wenig elegant und flog durch ein riesiges Loch in der Seite der Kuppel. Sein Mahl ließ er zurück, die Kadaver der beiden toten Wölfe. Sie blieben nicht stehen, um die Wölfe genauer zu betrachten, sondern gingen weiter und hielten erst, als sie den Korridor erreichten, der das Labor und das Vogelhaus verband.

Galloway war schon außer Atem, aber Banks sah seine Zähne im Zwielicht weiß glänzen, als er auf die Frage hin, ob alles okay sei, grinste.

»Der Knöchel hält durch und ich wurde bisher nicht gefressen«, antwortete der Wissenschaftler.

»Die Nacht ist noch jung«, entgegnete Wiggins.

McCally leuchte mit seiner Lampe in die Dunkelheit des Vogelhauses. »Was denkst du, Cap?«, sagte er.

»Na ja, wir gehen nicht wieder zurück, das ist sicher. Sieht also gut aus, finde ich, Kumpel. Geh vor.«

Im Vogelhaus war es dunkler als im Labor. Die großen Mammutbäume schienen alles vorhandene Licht zu verschlucken und beherrschten das Areal hoch aufragend und finster. Der Himmel draußen war ebenfalls dunkel geworden, das Nordlicht zu einem schwachen grünen Leuchten verblasst, nicht annähernd hell genug, um ihren Pfad zu erleuchten. Schatten lauerten und kauerten überall in der Kuppe, aber man hörte keinen Ton, abgesehen von ihrem eigenen Atem und den Fußschritten, während McCally und Wiggins sie anführten. Banks fragte sich, ob die Vögel vielleicht auch Volkovs Leiche genauso angefressen hatten wie die Wölfe, aber er hatte nicht vor, sein Tempo genug zu verlangsamen, um einen Blick zu riskieren. Sie rannten, so schnell sie konnten, den Rundweg im Inneren des Vogelhauses entlang.

Etwas bewegte sich schnell in den Schatten und Wiggins feuerte instinktiv eine Dreiersalve darauf ab. Er hätte weiter geschossen, wenn Hynd nicht eine Hand auf seine Schulter gelegt hätte.

»Lass stecken, Cowboy.«

»Hab ich es erwischt?«, fragte Wiggins.

Hynd trat einen Schritt vor und leuchtete mit seiner Lampe auf das tote Tier auf dem Boden.

»Aye. Gratuliere, Kumpel. Du hast verdammt noch mal Bugs Bunny erlegt.«

Die Schüsse hatten den Schneehasen zerfetzt, seinen Kopf und die Brust zerschmettert und nur eine blutige Schweinerei auf dem Boden hinterlassen.

»Na, da hat sich die Frage nach dem Frühstück schon erledigt«, sagte Wiggins. McCally und Hynd lachten.

Der große Wolfsrüde wählte diesen Moment, um seine Attacke zu starten. Er kam aus dem Dunkel wie ein schlanker, grauer Torpedo und warf sich direkt auf Wiggins, der unter dem Gewicht zu Boden ging. Seine Hinterläufe zerkratzten seine Oberschenkel und die Vorderläufe die Brust. Die sabbernden Kiefer schnappten nach seinem Hals. Er bekam gerade noch seine Waffe hoch und Fänge krachten gegen Metall. Der Wolf knurrte tief in der Kehle und startete eine weitere wütende Attacke, aber Hynd hatte schon einen Schritt nach vorne gemacht. Er zielte mit der Waffe auf den Schädel des Tiers und feuerte zweimal.

Der Wolf brach tot auf Wiggins zusammen.

»Leck mich doch«, fluchte Wiggins.

Sie mussten den toten Wolf zu zweit anheben. Wiggins rollte sich zur Seite und kam etwas unsicher auf die Beine.

»Bist du okay, Wiggo?«

Der Soldat betastete sich.

»Die Eier sind noch da. Ich glaube, ich habe mich angepisst und könnte ein paar frische Hosen gebrauchen, aber davon abgesehen, bin ich okay.«

Banks sah sich den Mann unter dem Schein seines Waffenlichts genauer an. Das Material von Wiggins' Hose war in großen Streifen zerrissen, aber seine Beine waren nicht schwer verletzt und hatten nur leichte Kratzer. Seine Splitterweste hatte die Brust geschützt und die Waffe seinen Hals, auch wenn die Waffe an der Stelle, wo der Wolf hineingebissen hatte, zerkratzt und verbogen war.

Wiggins trat den toten Körper des Wolfs.

»Das hinterlistige Mistvieh wusste, dass wir nicht aufgepasst haben.«

»Aye«, entgegnete Banks. »Und die großen orangefarbenen Mistviecher sind noch schlauer. Wenn du also fertig bist, mit dem Hundchen zu spielen, dann sollten wir unseren Arsch in Bewegung setzen.«

Wie, um es zu bestätigen, erklang ein wildes, wütendes Geheul aus dem Labor hinter ihnen.

Es wurde von lauter werdendem Heulen in den riesigen Nadelbäumen über ihnen beantwortet und von einem schnaubenden, bellenden Gelächter vor ihnen aus den Gehegen am Ende des Wegs.

Die Almas waren mehr als nur hinterlistig; sie waren bereits in der Kuppel.

Das Squad war umzingelt.

»Beine in die Hand nehmen«, schrie Banks. »Und wenn euch irgendwas stoppen will, erledigt es.«

Sie rannten weiter, schneller als vorher, Wiggins und McCally vorne, Galloway versuchte, mit ihnen mitzuhalten, und Banks und Hynd bildeten die Nachhut und versuchten, nicht daran zu denken, was ihnen auf den Fersen war und sie erwischen wollte. Ihre Waffenlampen blitzten und hüpften, während sie rannten, und beleuchteten mal den Boden, einen Käfig, die Kuppel oder Vegetation.

»Kontakt hinten!«, schrie Hynd, und Banks stoppte abrupt, wirbelte herum und der Strahl seiner Lampe vereinigte sich mit dem von Hynd. Der Lichtstrahl erhellte einen Alma, der mit voller Geschwindigkeit in dem angrenzenden Gang auf sie zukam. Sie brauchten sechs Schuss, bis er zu Boden ging, und als die beiden sich umdrehten, waren die anderen drei Männer schon zwanzig Meter weiter den Gang entlanggerannt, beinahe schon am Ausgang zu den Gehegen dahinter. Zwei Almas sprangen aus den Bäumen vor ihnen.

Die nehmen uns in die Zange.

Hynd und Banks sahen sich an, nickten und rannten direkt auf die Almas zu, feuerten im Laufen und zielten hoch genug, um nicht danebenzuschießen und ihre eigenen Leute zu treffen. Einer der beiden Almas ergriff die Flucht mit einem weiten Sprung direkt in die Dunkelheit der Bäume über ihnen, wo er verschwand. Der andere ließ sich nicht so leicht erschrecken und blieb an Ort und Stelle, selbst als die Kugeln an ihm vorbeizischten. Schließlich hatte Banks Glück und traf das Biest an der linken Schulter und wirbelte es herum. Sein Bauch wurde sichtbar. Hynd brauchte keinen Befehl, er jagte zwei Kugeln hinein, und bis sie ihn erreicht hatten, war der Alma auf die Knie gesunken und hielt die Wunden, als versuche er, das hervorströmende Blut zu stoppen.

Banks wurde kaum langsamer. Er schoss ihm zwei Kugeln zwischen die Augen und rannte weiter.

McCally und Wiggins warteten auf dem Eingang zur Kuppel dahinter, bis Banks und Hynd sie eingeholt hatten, dann rannten sie weiter und Banks war sich der freien Fläche um sie herum nur zu bewusst. Hier waren sie vielleicht sicher vor Almas, die aus Bäumen sprangen, aber während sie in der Mitte des breiten, betonierten Pfads rannten, fühlte er sich nackt und ungeschützt und fürchtete ein weiteres Trommelfeuer aus geworfenen Steinen, die sie alle wie Pins auf einer Bowlingbahn umwerfen würden.

Das einzige Geräusch waren ihre Schritte auf dem Boden und das leise Flüstern einer Brise, die durch das zerbrochene Glas der Kuppel wehte. Nebel zog erneut auf mit einem grünen Schimmern durch das Nordlicht. Es tauchte den ganzen Komplex in ein sanftes Licht, das fast von innen heraus zu leuchten schien. Sie rannten an dem Gehege vorbei, in dem die große Raubkatze gewesen war, und zum ersten Mal seit einer ganzen Weile fragte sich Banks, was damit passiert war. Um die Wölfe hatten sie sich gekümmert und er hoffte, die Almas waren eine gewisse Zeit abgeschreckt, weitere Angriffe zu wagen. Aber der Löwe war immer noch eine Unbekannte und es wäre ihm lieber gewesen zu wissen, dass er nicht in der Nähe irgendwo lauerte und auf seine Gelegenheit wartete, zuzuschlagen.

Wir müssen uns einfach in Sicherheit bringen. Es hat keinen Sinn, sich über Dinge zu sorgen, die vielleicht nie passieren.

Das Gehege mit den Schneehasen war immer noch ruhig und verlassen und sie rannten in vollem Tempo weiter durch die Doppeltür in den Haupteingangsbereich.

Und dort fand Banks den Löwen.

21

Sie überraschten ihn bei einer Mahlzeit. Er hatte sich über einen weiteren Schneehasen gebeugt, die Schnauze und Vorderpfoten wirkten schwarz von Blut im Licht von Wiggins' Waffenlampe, die über den Kopf und die Seite des Tiers leuchtete. Im Zwielicht und dem schwachen grünen Leuchten, das über allem hing, sah er sogar noch größer aus als vorher und beinahe wie ein Phantom. Als er sich umdrehte, um sie anzusehen, spürte es Banks bis in sein Innerstes und seine Knie wurden weich.

Bevor das Squad Gelegenheit hatte, auf diesen Neuankömmling zu reagieren, hörte man wütendes Brüllen in der Kuppel hinter ihnen und das Klatschen großer, nackter Füße auf dem Beton, das bis in die Nacht hinaus schallte.

»Vom Regen in die Traufe, na bravo«, murmelte Hynd.

Der Höhlenlöwe lag zwischen ihnen und dem Treppenhaus, zu dem Banks wollte. Sie konnten ihn vielleicht erledigen, bevor die Almas sie erreichten, aber wenn man die Größe berücksichtigte, glaubte Banks, dass die Chancen bestenfalls fifty-fifty waren.

»Plan B«, sagte er leise und mit monotoner Stimme, die das Tier nicht erschrecken würde. »Wir versuchen, den Learjet zu erreichen. Den können wir wenigstens verteidigen, wenn es sein muss.«

Er schlich nach links und das Team folgte ihm schnell, alle versuchten, dicht zusammenzubleiben mit Galloway zwischen ihnen. Der Löwe betrachtete jede ihrer Bewegungen, aber schien nicht besonders beunruhigt. Das änderte sich abrupt, als ein weiteres wütendes Gebrüll, dieses Mal näher, aus dem Kuppelkomplex erschallte. Der Löwe hob den Kopf, die Ohren aufgestellt und ließ einen Brocken Fleisch zwischen die Pfoten fallen, der schnell vergessen war, als er sich aufrichtete und seine Aufmerksamkeit auf den Durchgang richtete, aus dem drei große ausgewachsene Almas in vollem Lauf kamen.

Banks bewegte sich schnell, führte das Squad um die Wand des Raumes herum. Die Almas sahen ihn und brüllten erneut. Der Löwe brüllte zurück und griff an.

Der Rezeptionsbereich war plötzlich von Lärm erfüllt – Brüllen und Knurren, Schmerzschreie und Wutgebrüll. Zähne bissen, Klauen rissen und alles war ein kaum erkennbares Durcheinander aus rothaarigen Almas und grauer Raubkatze, die sich im blutigen Kampf über den Boden rollten.

Der Weg zur Treppe war fürs Erste frei, aber Banks entschied sich in einem Sekundenbruchteil dagegen und rannte auf den Haupteingang Richtung Rollfeld. Blut spritzte und lag wie heißer Nebel in der Luft, aber die Wucht des Kampfes war so groß, dass man nicht sagen konnte, welches der Tiere verletzt worden war.

Und ich werde nicht hier herumhängen, um es herauszufinden. Er führte das Team hinaus in den Nebel.

Der ganze Lärm des Kampfes im Eingangsbereich war fast sofort gedämpft und nach drei Metern hörte man kaum noch etwas davon. Der Nebel fühlte sich dicht an, Feuchtigkeit legte sich auf ihre Wangen und er leuchtete schwach grün und war nahezu undurchsichtig. Ihre Lampen konnten kaum etwas erhellen, was weiter als Armlänge entfernt war. Banks richtete seine Waffe nach unten, um den Boden unter seinen Füßen zu beleuchten, und lief schnell in gerader Linie. Er blieb erst stehen, als er ans Ende des Rollfelds kam, wo der Boden sumpfig wurde. Dann folgte er dem Rand der Rollbahn Richtung Nordwesten, denn er wusste, dass er in dieser Richtung auf den Learjet stoßen würde.

Der Rumpf tauchte Sekunden später vor ihm auf, aber als er die Tür erreichte, machte sich Enttäuschung breit. Die Almas waren zuerst hier gewesen. Die Tür war weg, aus den Angeln gerissen und irgendwo in die Gegend geworfen. Im Inneren des Flugzeugs herrschte ein Durcheinander aus zerfetzter Polsterung, verstreutem Gepäck und verschmiertem Kot.

»Sarge, du und Wiggo überprüft mal den Frachtraum«, sagte Banks. »Wenn unsere Taschen mit der Ausrüstung noch da sind, dann holt sie. Wir werden all die Hilfe brauchen, die wir kriegen können.«

Galloway stand neben Banks. Der Wissenschaftler war blass, die Augen lagen tief in dunklen Höhlen und das Gesicht grau und wächsern.

»Wie geht's dem Knöchel?«, fragte Banks.

»Nicht gut«, sagte Galloway. »Aber fürs Erste kann ich mich auf den Beinen halten. Ich weiß aber nicht, wie lange noch.«

Ich auch nicht. Banks sprach es nicht aus. Er hatte bereits zwei der drei Menschen verloren, die er hatte schützen sollen. Den dritten würde er nicht auch noch verlieren, verwundet oder nicht.

Ich werde ihn tragen, wenn es sein muss.

Hynd und Wiggins tauchten aus dem Nebel auf und jeder trug eine Tasche mit Ausrüstung.

»Wir haben alles, was wir retten konnten, Cap«, sagte Hynd. »Es ist nicht viel.«

»Besser als gar nichts, also immer her damit.«

Er versammelt das Squad um sich.

»Wir können nicht wieder in die Anlage zurück, es ist nicht sicher. Und wir kommen nicht weit in diesem Nebel. Aber die wütenden Viecher bekämpfen sich gerade gegenseitig und wir können nur hoffen, dass es so bleibt. Also ist mein Plan einfach. Wir gehen raus in den Sumpf, finden ein Loch und bleiben drin, bis die Sonne aufgeht. Es wird kalt werden, es wird nass werden …«

»Aber immer noch besser als ein Manöver im Rannoch-Moor im Januar«, fügte McCally hinzu und Banks nickte.

»Aye. Alles ist besser als das. Also, ihr kennt die Übung. Gänsemarsch, nicht den Vordermann oder Hintermann verlieren und folgt mir, bis ich Stopp sage. Wenn irgendwas aus dem Nebel kommt und es ist keiner von uns, erschießt es. Alles klar?«

Ohne auf Antwort zu warten, verließ er die Rollbahn und ging hinaus in die sumpfige Tundra.

Banks war nicht sicher, dass er die richtige Entscheidung getroffen hatte; vielleicht hätte er versuchen sollen, die Treppe hochzukommen, während der Löwe und die Almas gekämpft hatten, und vielleicht wären sie mittlerweile sicher in einem Vorrats- oder Kellerraum verbarrikadiert. Aber sein Bauchgefühl sagte ihm, dass sein jetziger Plan das kleinere von zwei Übeln war, und es war sein Bauchgefühl, das ihn bisher auf diesem Trip am Leben gehalten hatte. Er musste ihm auch jetzt trauen.

Nach ein paar Metern kamen sie an eine Lücke im Zaun um das Gehege, wo Metallpfosten so dick wie Banks' Arm aus dem Boden gerissen und fast im rechten Winkel verbogen worden waren, bevor man sie zur Seite geworfen hatte. Sie gingen hindurch, tiefer in den Nebel. Banks versuchte, den Kompass in seinem Kopf zu aktivieren, und sah sich nach Bezugspunkten um, die ihnen helfen konnten, den Weg zurück zu finden, wenn es notwendig sein sollte, aber der Nebel war hier noch dichter und er hatte nur seine Lampe, um die Stiefel und den Matsch unter sich zu beleuchten.

Jeder Schritt auf dem sumpfigen Boden war, als würde er durch dicken Sirup laufen, der ihm jeden Moment die Stiefel auszuziehen drohte. Galloway hatte sicher schon Schmerzen mit seinem verletzten Knöchel und Banks wusste, dass sie nicht weit kommen würden. Aber nach einigen Minuten roch er einen stärkeren Gestank als jeden, den er bisher wahrgenommen hatte, und sein Bauchgefühl sagte ihm, dass sie an der richtigen Stelle waren, als sie in eine Senke kamen und der Gestank immer stärker wurde.

»Verflucht, Cap«, sagte Wiggins leise. »Hier drin stinkt's wie Scheiße.«

»Das liegt daran, dass es Scheiße ist«, entgegnete Banks. »Mammutscheiße, würde ich vermuten, und eine Menge davon.«

»Dann sollten wir zur Hölle hier verschwinden, bevor ich kotzen muss«, antwortete Wiggins.

»Nein, macht's euch gemütlich, wir bleiben hier. Ich habe es in Afrika gesehen; da benutzen sie Elefantenkot und schmieren ihn auf die Häuser, um Raubtiere fernzuhalten. Und das funktioniert.«

»Aye«, sagte Wiggins. »Mein Nachbar in Glasgow hat Hundescheiße benutzt, um seine Schwiegermutter abzuwehren. Hat auch funktioniert. Aber das hat mir schon damals nicht gefallen und jetzt auch nicht.«

»Pech«, sagte Banks. »Du kannst dich glücklich schätzen, dass ich dir nicht befehle, dich darin zu wälzen – aber das kann noch kommen.« Die Senke war wenig mehr als ein drei Meter breites und einen Meter tiefes Loch in der Tundra. Der Boden war feucht, aber auch nicht mehr als der Rest des Sumpflandes. Große Klumpen dunkleren Materials, angesammelter Dung der Mammutherde, bedeckte den Boden und teilweise die Wände.

»Gemütlich«, sagte Hynd lakonisch.

»Wir haben schon an schlimmeren Orten geschlafen«, fügte McCally hinzu.

»Und mit Frauen, die schlechter gerochen haben«, erwiderte Wiggins.

»Erinnerst du dich noch an Brenda in Belfast?«

»Schnauze halten, Männer«, sagte Banks leise. »Wir sollen uns verstecken, schon vergessen?«

Galloway hatte sich schon auf den Boden der Senke gesetzt und ignorierte anscheinend die kalte Feuchtigkeit, die bereits durch seine Kleidung sickern musste. Er überprüfte die Bandagen um seinen Knöchel. Der Wissenschaftler sah zu Banks auf und lächelte schwach.

»Ich werde es überleben – hoffe ich. Aber ich werde erst mal nicht viel weiter laufen können.«

»Wenn wir Glück haben, müssen Sie das auch nicht«, erwiderte Banks. »Jetzt Ruhe, Jungs, und Lampen aus. Jeder bewacht einen Abschnitt und nur schießen, wenn es nicht anders geht. Macht es euch bequem, so gut es geht. Wir müssen noch eine ganze Weile bis zum Morgen warten.«

Banks schätzte, dass der Abschnitt, den er bewachen sollte, derjenige war, der direkt in Richtung der Anlage lag, aber er sah nichts als Nebel, der immer noch leicht grün leuchtete an den Stellen, wo das Nordlicht hindurchschien. Eine leichte Brise wehte den Nebel hin und her und verwirbelte ihn gelegentlich, aber man hörte und sah nichts. Wenn er sich nach links oder rechts drehte, konnte er gerade so die dunkleren Schatten von Wiggins und Hynd erkennen, aber wenn er nach vorne sah, dann fühlte er sich verloren und alleine im grünen Leuchten.

Der Mangel an irgendetwas, auf das man sich konzentrieren konnte, irgendetwas, das man ansehen oder hören konnte, bedeutete, dass es sehr schwierig war, konzentriert zu bleiben. Sein Verstand wanderte immer wieder zu den früheren Ereignissen der Nacht, zum armen Waterston, der zu Tode gequetscht worden war, dem Chaos im Höhleneingang, zur Flucht im Dunkeln durch die Kuppeln und dem blutigen Kampf zwischen dem Löwen und den Almas. Er fragte sich, ob eine Seite die andere besiegt hatte, und hoffte, dass beide Seiten genug Schaden erlitten hatten, um sie wenigstens bis zum Morgen in Ruhe zu lassen.

Diese Hoffnung wurde zerstört, als er ein typisches und lautes Schnaufen hörte, das aus dem Nebel kam, nur wenige Meter vor ihm.

22

Banks sah geradeaus, versuchte, eine Bewegung oder einen dunklen Schatten auszumachen, aber man sah nur den dahinziehenden Nebel. Dann war wieder das Schnüffeln zu hören, gefolgt von einem lauten Wuff; diesmal kein Gelächter, sondern offensichtlich Ekel. Banks widerstand dem Impuls, seine Lampe anzumachen, während er das Gewehr fester umklammerte. Er erinnerte sich an den moschusartigen Geruch der Almas, aber konnte ihn weder riechen noch in der Kehle schmecken, angesichts des Gestanks der Ausscheidungen in der Senke. Aber er wusste, dass es da draußen war, irgendwo außerhalb seiner Sichtweite.

Und es jagte.

Das Schnüffeln war erneut zu hören, bald darauf gefolgt von einem weiteren angeekelten Schnauben, dann

Platschen, das leiser wurde, als sich der Alma von dem Geruch abwendete und sich zurückzog. Banks atmete aus und wurde sich erst jetzt bewusst, dass er die Luft angehalten hatte. Er zwang seine Finger, die die Waffe umklammerten, sich zu entspannen. Sein Bauchgefühl hatte recht gehabt – wieder einmal. Der Gestank des Dungs hatte den Alma zum Rückzug gezwungen. Ob es auch mit einem Höhlenlöwen funktionieren würde, war etwas, was er lieber nicht herausfinden wollte.

Die Nacht verstrich. Das Squad stand Wache, aber die Stille wurde mehrere Stunden nicht weiter gestört. Nach einer Weile ließ Banks Wiggins die Ausrüstungstaschen durchsuchen und ein paar Essenspakete verteilen – die sich selbst erwärmenden Suppenpäckchen waren eine willkommene Erholung von der feuchten Kälte. Er erlaubte den Männern, eine zu rauchen, denn er ging davon aus, dass der Gestank des Dungs mehr als ausreichend war, um den Tabakgeruch zu überdecken. Dann ließ er Wiggins und McCally ihre Posten verlassen, damit sie etwas Schlaf bekamen, während er und Hynd die Wache übernahmen.

Er beruhigte seine Gedanken und versuchte, den wachsamen Zustand zu erreichen, den er von früher kannte, als er in der Lage war, sich zu entspannen, während er völlig aufmerksam blieb. Es war ein Zustand, der durch

Jahre im Dienst perfektioniert worden war, wobei viele Gelegenheiten viel gefährlicher gewesen waren als dieses Loch. Aber seine Gegner waren damals hauptsächlich menschlich gewesen und er wusste, wie der Verstand von Menschen arbeitete, konnte ihre Handlungen vorherahnen. Bei diesen Viechern stocherte er im Dunklen, übertragen und auch im wörtlichen Sinne, auch wenn sich das gerade änderte.

Er stellte es zuerst daran fest, dass das grüne Leuchten verblasste. Dann hörte er die ersten Geräusche seit einer Stunde, kein Schnüffeln, sondern ein leises Trompeten irgendwo zu seiner Linken. Er sah in die Richtung und bemerkte, dass der Nebel dünner wurde. Als er nach oben blickte, sah er die Sterne funkeln. Orion stand hoch am Himmel. Ein Teil von ihm begrüßte es, dass der Nebel, der wie eine bedrückende Decke gewirkt hatte, sich verzog. Aber nun fühlte er sich ungeschützt, und das noch mehr, als ihm klar wurde, dass ihre Position, wenn sie auch in einer Senke waren, mitten auf einer freien Fläche Sumpfland war, ohne jede Deckung im Umkreis von hunderten Metern.

Aber da kann sich zumindest nichts an uns ranschleichen.

Der Komplex aus Kuppeln lag still, ein dunklerer Schatten, der sich vom Himmel abhob. Man sah keine Spur von Bewegung und auch kein Geräusch, weder von Löwen noch Almas. Er suchte nach der Quelle des Trompetens, aber wenn die Mammuts in der Nähe waren, dann konnte er sie im Dunkeln nicht sehen. Die ganze Ebene der Tundra schien still und schlafend.

Der Angriff erfolgte zehn Minuten später auf Hynds Seite.

»Da kommt was auf uns zu, Cap«, sagte der Sarge. »Drei der großen orangefarbenen Wichser, fünfzig Meter entfernt, kommen näher. Sie haben unsere Position erfasst.«

Banks gab McCally einen Tritt, der in einer fast aufrechten Position schlief, gegen die Seite der Senke gelehnt. Der Corporal wachte sofort auf.

»Weck Wiggo auf und helft dem Sarge«, sagte Banks. »Wir haben Ärger.«

Banks blieb auf seinem Posten, während McCally und dann Wiggins sich beeilten, der Position des Sarges Deckung zu geben. Er wusste es besser, als alle vier von ihnen gleichzeitig in dieselbe Richtung gehen zu lassen; die Almas hatten bereits unter Beweis gestellt, dass sie tückisch waren. Es machte keinen Sinn, ihnen noch eine weitere Gelegenheit zu geben, das zu beweisen.

Er hörte, wie der Sarge »Feuer!« schrie. Eine Salve Schüsse erklang.

»Einer weniger«, schrie Wiggins und dann feuerten alle erneut. Die Schüsse donnerten und hallten um sie herum, dann wurde alles still. »Zwei erledigt, einer ist abgehauen, aber ich glaube, ich habe ihn verwundet«, sagte McCally.

Ein Heulen erhob sich über der Tundra, schrill und wild.

Es wurde von einem Chor von Almas erwidert, der aus allen Richtungen kam.

»Verfluchte Scheiße, das sind Hunderte«, sagte Wiggins.

Als wäre ein stiller Befehl erfolgt, griffen die Almas alle auf einmal an und kamen von allen Seiten. Sie hörten sie, noch bevor sie sie sehen konnten. Sie platschten durch den Sumpf, heulten und kreischten. Banks hatte einmal einen Stamm Schimpansen in einer Fernsehdokumentation jagen gesehen und das hatte die gleiche rasende und gleichzeitig kontrollierte Qualität gehabt. Jede Faser von ihm wollte das Feuer eröffnen, aber die Entfernung war zu groß, die Biester hatten bereits bewiesen, dass sie einen Treffer einstecken konnten und weiter rennen würden. Er würde sie näher herankommen lassen müssen.

Vielleicht zu nahe.

»Ruhig, Männer«, rief er. »Wenn es hart auf hart geht, dann sind wir in der besseren Position. Sie haben keine Waffen. Also erledigt sie, aber zielt sorgfältig. Kurze, kontrollierte Feuerstöße.«

Danach kam alles auf automatisierte Bewegungen und Kontrolle an. Die Almas kamen auf sie zu, rannten über den schlammigen Boden und in ihr Sichtfeld, zuerst als dunkle Schatten vor dem Hintergrund, dann nahe genug, dass Banks ihre Zähne aufblitzen sehen konnte, die in der Dunkelheit weiß wirkten. Er wartete, bis der erste auf zwanzig Meter herangekommen war, und erledigte ihn dann mit zwei Kugeln in den Kopf.

Der Rest kam weiter auf sie zu.

Wiggins hatte sich etwas verschätzt mit ›Hunderten‹, aber es war ein Dutzend und mehr, die Banks sehen konnte, und er schätzte, dass es die gleiche Anzahl von jeder Seite war.

Dann eröffnete das gesamte Squad auf einmal das Feuer, das Donnern der Gewehre hallte unter den Sternen laut über die Tundra. Banks erledigte noch zwei weitere, ein großes Männchen, das er mit vier Kugeln stoppen musste, und ein Weibchen, das einen Hängebauch hatte und für das er nur eine Kugel brauchte, die in den Mund eindrang und dafür sorgte, dass Blut und Hirn hinten aus dem Schädel spritzten.

Er sah sich schnell nach einem weiteren Ziel um, aber so schnell, wie sie aufgetaucht waren, zogen sich die Biester wieder in die Dunkelheit zurück und ließen ihre Toten an Ort und Stelle zurück. Hinter Banks verstummten die Gewehre des restlichen Squads. Der erste Stein kam Sekunden später aus der Dunkelheit angeflogen.

Er hatte ihn nicht kommen sehen. Er fiel aus dem Himmel und landete mit einem matschigen Klatschen einen Meter vor ihm, wobei schwarzer Schlamm über seinen Kopf und Körper gespritzt wurde.

»Köpfe runter, Männer. Wir liegen unter Beschuss.«

Er rutschte die Wand der Senke hinab, sodass nur sein Kopf herausragte, gerade weit genug, um den Angriff zu sehen, im Bewusstsein, dass jeden Moment ein Felsen aus dem Himmel fallen konnte. Weitere Steine gingen um sie herum nieder, das Platschen und Klatschen, als sie den nassen Boden trafen, hörte sich an wie der Beat eines irren Trommlers.

Ich lag daneben, als ich dachte, dass sie keine Waffen haben. Und ich hatte recht, dass sie tückische Wichser sind.

Sie konnten nicht viel mehr tun, als sich in der Senke hinkauern, während das Bombardement anhielt, in der Hoffnung, dass nicht ein Zufallstreffer einen Schädel zerquetschen oder einen Knochen brechen würde. Zwei Felsen, jeder in der Größe eines Rugbyballs, landeten hinter ihm, je einer zu beiden Seiten von Galloways Beinen. Der Wissenschaftler hastete auf den Boden des Lochs und legte sich neben Banks.

»Nur für den Fall, dass sie ihre Zielgenauigkeit noch verbessern«, sagte er. Banks sah zu dem Mann hinüber und stellte fest, dass er ihn sehr viel deutlicher als noch vor ein paar Minuten sehen konnte. Im Osten zog das Morgengrauen herauf und erhellte den Himmel.

Er war nicht sicher, ob er die klare Sicht, die damit einherging, willkommen heißen sollte, als ein weiterer Felsen mit einem nassen Klatschen einschlug, weniger als einen halben Meter von seiner Nase entfernt.

23

»Wir können doch nicht einfach hier sitzen bleiben, Cap«, sagte Wiggins. »Wir sitzen hier wie auf dem Präsentierteller.«

»Ich bin offen für Vorschläge, Kumpel«, sagte Banks. »Ich habe nicht vor, wieder lustig ins Gebäude rein- und wieder rauszurennen. Und die Raubkatze ist auch noch irgendwo da draußen.«

Ein weiterer Felsen traf die Senke in der Nähe von McCallys Füßen. »Wiggo hat recht, Cap«, sagte der Corporal. »Wir sind vielleicht besser dran, wenn wir in Bewegung sind.«

»Werft mal einen Blick nach draußen«, sagte Banks. »Wir haben keine Deckung und in jede Richtung ist verdammter Sumpf. Hier können wir uns wenigstens ducken.«

»Ducken war doch nie so unser Stil«, sagte Hynd. »Ich bin da bei den Jungs, John. Ich würde lieber draufgehen, wenn wir unterwegs sind, als in einem Loch voller haariger Elefantenscheiße.« Banks drehte sich zu Galloway und sah, dass der Wissenschaftler in Gedanken versunken war.

»Nun, jeder hat seine Meinung kundgetan. Was ist mit Ihnen? Irgendeine gute Idee?«

Galloway sah ihn nicht an, sondern blickte angestrengt nach Westen. Banks sah ebenfalls in die Richtung und bemerkte die Mammutherde, die immer noch in einem engen Kreis zusammenstand. Der Wissenschaftler lächelte leicht.

»Das wird Ihnen gar nicht gefallen.«

»Was wird mir nicht gefallen?«

Er nickte in Richtung der Mammutherde, als ein weiterer Felsen direkt auf dem Rand der Senke hart einschlug. Irgendwo draußen in der Tundra heulte und bellte ein Alma, sein lautes Gelächter schallte über die freie Fläche.

»Wir bringen die Mammuts dazu, uns zu beschützen«, sagte der Wissenschaftler. Wiggins lachte.

»Ich sehe es schon vor mir. Bitte, Mister pelziger, rothaariger Elefant, können wir uns eurer Gang anschließen? Und übrigens, eure Scheiße riecht ganz hervorragend. Aye, das sollte funktionieren.«

Galloway sah immer noch über den Sumpf in Richtung der Mammuts.

»Ich habe es noch nicht mit eigenen Augen gesehen, aber ich habe gehört, so etwas passiert in Afrika tatsächlich, dass Menschen in einer Elefantenherde Schutz finden.«

»Aye«, erwiderte Banks. »Aber das sind keine Elefanten. Und die haben noch nicht viele Menschen gesehen. Woher wissen wir, dass sie freundlich sind?« Ein weiterer Felsen, der größte bisher, landete mitten in der Senke und verschwand völlig im matschigen Untergrund.

»Ich glaube, wir sollten es versuchen«, sagte Galloway. »Können wir es uns leisten, es nicht zu tun?«

Banks wurde klar, dass der Mann recht hatte, als ein weiterer Felsen in der Nähe einschlug. Es sah so aus, als würden sich die Biester langsam warmschießen und in jeder Sekunde konnte jemand wahrscheinlich eine ernste Verletzung erleiden.

»Okay, wir ziehen ab«, sagte er. »Eng zusammenbleiben, die haarigen Urmenschen im Auge behalten und auf zu den Mammuts. Wenn sie erschrecken, dann gnade uns Gott.«

Banks erhob sich. Die Almas heulten und schrien und zwei Felsen flogen auf ihn zu, aber wenigstens hatte er sie kommen sehen und konnte einschätzen, wo sie landeten. Beide trafen den Boden zwei Meter zu seiner Linken.

»Gut aufpassen, Männer«, sagte er. »Wiggo, du übernimmst die Spitze. Ich halte uns den Rücken frei. Im Laufschritt.« Sie setzten sich in Bewegung.

Gleichzeitig liefen auch die Almas los und kamen schnell näher. Banks feuerte eine Salve in ihre Richtung. Sie waren zu weit entfernt, als dass die Kugeln einen wirklichen Schaden anrichten konnten, aber allein der Lärm schien auszureichen, um die Biester zu verlangsamen.

Das Squad war in hohem Tempo zur Mammutherde unterwegs. Banks war damit beschäftigt, nach hinten Ausschau zu halten und vertraute darauf, dass seine Männer die richtige Entscheidung treffen würden, je nachdem, was vor ihnen passierte. Er hörte den Mammutbullen trompeten, laut und dröhnend durchbrach der Klang die plötzliche Stille, die auf der gesamten Ebene herrschte.

Dann, bevor ihm noch klar war, was passierte, befand er sich in einer Wand aus zotteligem, rotbraunem Haar und es war plötzlich um einiges wärmer. Der Gestank war noch schlimmer als vorher in dem Erdloch und sie mussten beweglich bleiben, um nicht zwischen den riesigen Flanken der Mammuts erdrückt zu werden. Aber das Squad war völlig innerhalb des Verteidigungskreises der Mammuts.

Die Almas begannen zu heulen und zu kreischen, aber es hörte sich gedämpft und weit entfernt an und sie hatten aufgehört, mit Steinen zu werfen.

Galloways Plan schien ein voller Erfolg zu sein.

Außerhalb des Verteidigungsrings schienen die Almas verwirrt über diese Wendung der Ereignisse. Sie kamen zu einer Gruppe zusammen, dreißig oder mehr, soweit Banks das durch die schmalen Lücken zwischen den Mammuts erkennen konnte, und schienen nicht darauf erpicht, ihren Angriff fortzusetzen, als wären sie von der Masse der stoßzahnbewehrten Tiere eingeschüchtert, der sie sich gegenübersahen.

»Nicht schlecht für einen Engländer.« Wiggins klopfte Galloway auf die Schulter.

Der Wissenschaftler lächelte und wimmerte dann, als er versuchte, seinen verletzten Knöchel zu belasten.

»Ich weiß nicht, wie lange ich stehen kann«, sagte er.

»Wir tragen Sie, wenn es sein muss«, sagte Banks. »Wir kommen alle hier gemeinsam raus, das verspreche ich Ihnen.«

»Ist das dein Bauchgefühl oder dein Kopf, der da spricht, Cap?«, fragte McCally. »Etwas von beidem,

Kumpel«, erwiderte Banks, sah jedoch nicht seine Männer an – seine Aufmerksamkeit galt dem großen Mammutbullen, der die Ohren und den Kopf gehoben hatte. Banks hatte die Geste schon einmal gesehen und hatte so eine Ahnung, was als Nächstes kam. Das Mammut hob die Stoßzähne hoch und trompetete lang und laut über die Tundra. Ein weiteres Geräusch wurde langsam lauter und stimmte mit ein, das charakteristische *Wupp-Wupp* eines sich nähernden Helikopters.

»Macht euch fertig, Jungs, wir rücken ab«, sagte Banks, als der bauchige, geschwollene Rumpf eines russischen Transporthelikopters aus Richtung Norden in Sicht kam.

»Sehr gut, Cap«, sagte Wiggins. »Aber ich glaube kaum, dass diese Tierchen uns Spalier stehen zum Rollfeld. Wie kommen wir über das offene Gelände?« Banks lachte.

»So, wie wir es immer machen. Wir rennen wie die Hölle und schießen alles über den Haufen, was uns im Weg steht. Noch Fragen?« Der Hubschrauber kreiste hoch über dem Kuppelkomplex, während Banks fortfuhr. »Wir müssen sie wissen lassen, dass wir hier sind. Machen wir mal ein bisschen Lärm. Abrücken.«

Er drückte sich zwischen der Flanke des Bullen und des Tieres daneben hindurch. Das große Mammut rückte zur Seite, um sie durchzulassen, und trompetete erneut. Banks stellte sich vor, es sei, um ihnen Glück zu wünschen.

Das werden wir brauchen.

24

Die Almas merkten schnell, dass das Squad seine Deckung verlassen hatte, und bewegten sich auf sie zu, während Banks noch Wiggins und McCally nach vorne ließ und sie zum Rollfeld losliefen.

»Versucht irgendwie, die Aufmerksamkeit des Piloten zu erregen«, sagte er. »Der Sarge und ich übernehmen die Nachhut. Bewegt eure Fettärsche, wenn ihr hier rauskommen wollt.«

Hynd stand neben ihm, während die anderen drei, Galloway merklich humpelnd, in Richtung des Komplexes losliefen. Der Helikopterpilot bemerkte sie und setzte zur Landung ab. Banks registrierte aus dem Augenwinkel eine Bewegung und drehte sich um. Die vier verbliebenen gewaltigen Donnervögel flogen in Formation heran, so wie sie es schon einmal getan hatten.

Sie wollten diesen neuen Eindringling verscheuchen, wie sie es mit dem letzten Flugzeug getan hatten.

»Oh nein, das macht ihr nicht. Diesmal nicht.« Er zielte und schoss den Vogel an der Spitze vom Himmel. Dieser stürzte in einem Wirbel aus zerfetzten Flügeln und Federn zu Boden und landete zwischen ihrer Position und den Almas. Die andere drei Vögel drehte ab und schraubten sich höher in den Himmel, während die Almas, die bemerkt hatten, dass eine Mahlzeit in Aussicht stand, voranstürmten, um jeweils als Erster bei dem gestürzten Vogel zu sein. Die Gelegenheit für eine solch leichte Mahlzeit bewirkte, dass sie alles Interesse an den Männern verloren hatten.

»Leck mich doch, wenn ich gewusst hätte, dass man den Mistviechern nur was zu fressen anbieten musste, dann hätte ich Wiggo schon vor einer Ewigkeit abgeknallt«, sagte Hynd, während sie zurückwichen und sich beeilten, zu Wiggins, McCally und Galloway aufzuschließen.

Der Hubschrauber landete am Rand des Rollfelds zwischen dem Wrack des Learjets und dem Kuppelkomplex. Zwei Bewaffnete stiegen aus und gaben ihnen Deckung, während sie rannten, Banks und McCally mussten Galloway fast tragen. Wiggins und Hynd trugen, was von ihrer Ausrüstung übrig war.

»Die anderen«, schrie Galloway in Banks' Ohr. »Wir können sie nicht einfach hier lassen.«

»Jemand wird zurückkommen«, schrie Banks und scheuchte den Wissenschaftler in den Helikopter. Im selben Moment eröffneten die beiden bewaffneten Männer das Feuer in Richtung Tundra. Banks drehte sich um.

Der tote Vogel hatte nicht lange vorgehalten und die Aufmerksamkeit der Almas hatte sich erneut den Männern zugewandt. Zwanzig oder mehr der in großen Sätzen heranspringenden, zotteligen Humanoiden kamen schnell über den sumpfigen Boden direkt auf sie zugerannt. Banks, Hynd, McCally und Wiggins reihten sich vor dem Helikopter auf, bereit, das Sperrfeuer zu eröffnen.

Aber das war unnötig.

Ob es der Lärm des Gewehrfeuers war, die Anwesenheit des Helikopters oder einfach die Tatsache, dass ein großer Stamm Almas sich auf sein Territorium verirrt hatte, der Mammutbulle war zur Ansicht gelangt, genug sei genug.

Sein wütendes Trompeten war selbst über den Lärm des Helikopterrotors hinweg zu hören. Der Bulle reckte die Stoßzähne in die Luft und rannte dann los, direkt auf die Almas zu. Gleichzeitig sprang die Tür des Kuppelkomplexes auf und ein grauer Torpedo, der Höhlenlöwe, der aus einem Dutzend Wunden blutete, rannte heraus, ebenfalls direkt auf den Stamm der Almas zu.

Angesichts der doppelten Bedrohung zögerten die Almas, stieben dann auseinander und flohen vor dem Ansturm. Die Mammutherde donnerte in einer Stampede heran, die den Boden erschütterte, und der Löwe warf sich zwischen die haarigen Humanoiden, kratzte und biss.

Blut spritzte als feiner Nebel in die Luft.

Über ihnen kreisten die Donnervögel und erwarteten ein reiches Mahl.

Banks drehte sich um und scheuchte seine Männer in den Helikopter.

Er warf einen letzten Blick zurück, als sie sich vom Rollfeld erhoben.

Die Almas flohen, hasteten in großen Sprüngen über die Ebene auf die hohen Klippen am Rande des Fjords zu. Der Löwe hatte aufgegeben. Er blieb, wo er war, und kauerte über einem großen Fleischstück. Die Donnervögel flatterten bereits in zwanzig Metern Entfernung auf einen weiteren Kadaver herab und die Mammuts gruppierten sich erneut in einem Kreis, fast an derselben Stelle, an der sie vorher gestanden hatten.

Als der Helikopter abdrehte, hob der Bulle die Stoßzähne und ließ ein Abschiedstrompeten hören.

Banks hob die Hand und winkte, während der Nebel unter ihm aufzog und der Hubschrauber sie in Sicherheit brachte.

– E N D E –

DIE SUCHE NACH EINEM ABGESTÜRZTEN PASSAGIERFLUGZEUG FÜHRT ZU EINER INSEL, AUF DER DIE ZEIT STEHENGEBLIEBEN ZU SEIN SCHEINT ...

LUZIFER

VERLAG